칠성 에이스

미래인

등장 인물

봉창이

"아직 9회 말이 남아 있어."

칠성의 대표 선수로 어려운 상황에도 야구에 진심을 다한다.

요시다

"승부는 실력으로 겨루는 거야!"

다부진 체격에 학생 야구 전국 대회 우승이라는 타이틀을 얻는다.

히로미 부인

"어떻게든 버텨 볼게……."

요시다의 새어머니이자
슬픈 눈동자를 하고 있다.

도난영

"차마 비밀을 말할 수 없었어."

봉창이의 오랜 친구로
곁에서 힘을 준다.

그림으로 만나는 야구 경기장

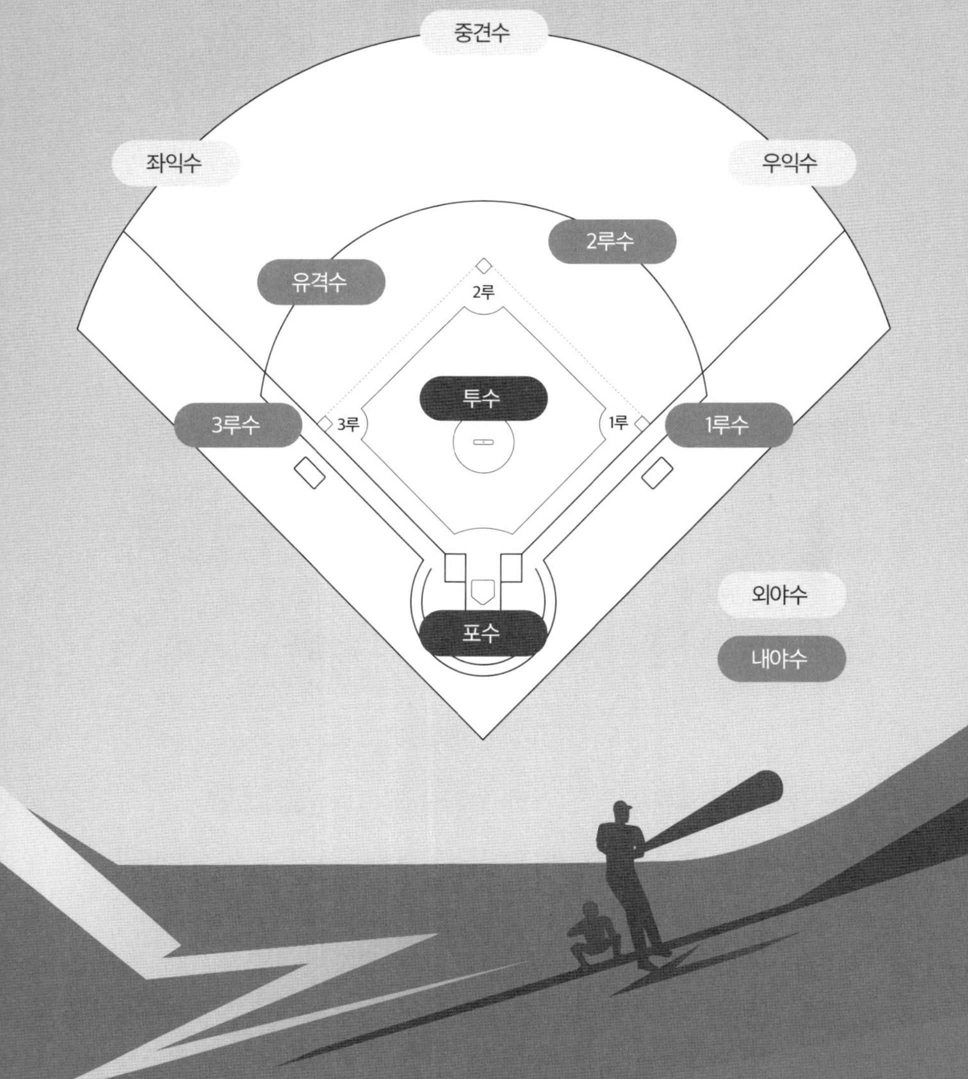

이 작품에 나오는 재미있는 야구 용어

안타

타자가 베이스를 갈 수 있게 공을 치는 기술. 이 작품에서 요시다는 깔끔한 안타로 실력을 증명한다.

커브

투수의 공이 타자 가까이에서 갑자기 꺾이는 변화구이다. 창이의 필살기로 경기의 승패를 좌우한다.

만루

1루, 2루, 3루 전체에 주자가 있는 상황. 경기 중 칠성 팀이 힘을 합쳐 만루를 만든다.

볼넷

투수가 타자에게 스트라이크 존을 벗어난 볼을 네 번 던지는 경우. 소설에서는 칠성이 요시다를 볼넷으로 내보낸다.

스트라이크

투수가 던진 공이 스트라이크 존을 지나가는 일. 경기 중 심판은 창이에게 스트라이크가 아닌 볼이라는 엉뚱한 판정을 내린다.

※ 일러두기: 이 소설에 등장하는 인물, 학교명, 단체명, 사건 등은 역사적 사실과 무관합니다.

차례

새 얼굴

고무신 한 짝이 또 벗겨졌다. 서두르느라 허둥댄 탓이었다. 창이는 몇 발짝 되돌아가 고무신 안에 발을 욱여넣었다. 짜증이 날 법도 한데 도리어 미소가 지어졌다. 다시 걸음을 옮기며 오른손에 쥐고 있던 야구공을 더욱 힘주어 잡았다. 야구공이라기에는 새끼줄을 엮어 만든 지푸라기 뭉치나 다름없었다. 그래도 상관없었다. 오랜만에 공을 던질 생각에 마음이 들떴고, 그러자 걸음이 더욱 빨라졌다.

일본어 간판이 즐비한 산해 거리에는 기모노와 양장을 차려입은 사람들로 북적였다. 창이는 그들 사이를 헤치며 앞만 보고 달렸다. 양산을 쓴 부인과 신문을 들고 호외를 외치며 뛰어가는 소년을 단숨에 제치고, 레코드점 앞에서 노래를 듣고 있던 중절모 쓴 노인도 지나쳤다. 곧 일본식 목조 건물인 제일병원이 나타났다. 창이는 건물 모퉁이를 돌자마자 보이는 돌계단을 쉬지 않고 뛰어올랐다.

"허억, 허억."

창이는 계단 끝까지 올라서서 가쁜 숨을 내쉬었다.

그때, 저만치 걸어가는 두 사람의 익숙한 뒷모습이 눈에 들어왔다. 흰 유니폼의 등판에 칠성고등보통학교*라고 적혀 있었다. 창이와 같은 옷차림이었다. 바로 열여섯 동갑내기인 중구와 달호였다. 창이의 얼굴에 짓궂은 미소가 번졌다. 창이는 공을 손바닥 위로 튕기며 목표물을 가늠했다.

'목표는 어려울수록 짜릿한 법!'

중구의 머리통 크기는 바가지만 했다. 창이는 그보다 한 주먹 정도 작은 달호의 머리통 쪽으로 시선을 돌렸다. 그런 채로 두 손을 이마까지 치켜들었다가 가슴 앞으로 당긴 다음 한쪽 무릎을 배꼽까지 들어 올렸다. 뒤이어 힘차게 공을 던졌다.

퍽!

공이 달호의 뒤통수 한가운데에 명중했다.

* 고등보통학교는 보통학교를 졸업한 만 12세 이상의 조선인 학생이 다니는 중등학교를 가리킨다.

"스트라이크!"

창이는 주먹을 불끈 쥐었다. 동시에 달호가 "아앗!" 비명을 지르며 고개를 돌렸다. 달호의 구겨진 표정이 창이를 보자마자 활짝 펴졌다.

"어? 창이다!"

"봉창이!"

달호가 먼저 알은체했고, 중구도 창이의 이름을 큰 소리로 불렀다. 창이는 빠르게 달려가 둘 사이에 끼어들었다.

"잘들 지냈냐?"

창이의 목소리에서 반가움이 묻어났다.

"할머니는 괜찮으셔?"

중구가 대답 대신 할머니의 안부를 물었다.

"응. 많이 좋아지셨어."

일주일 전쯤이었다. 손님상에 나갈 음식을 준비하던 할머니가 갑자기 가슴을 부여잡으며 청월루 부엌 바닥에 쓰러지셨다. 오랜 고질병인 가슴앓이가 도진 것이다. 창이는 가슴이 덜컥 내려앉았다. 부모님이 일찍 돌아가시고 혼자 남은 창이에게는 할머니가 유일한 가족이었다. 그날부터 창이는 학교에도 가지 않고 할머니를 돌봐 드렸다. 아픈 할머니 곁에서 한시도 떨어질 수 없었다. 그렇게 닷새쯤 지나자, 할머니는 다행히 조금씩 나아지셨다. 어제는 혼자 일어나 앉으시더니, 오늘 아침에는 밥 한 그릇도 뚝딱 비우셨다. 그러고는 창이에게 시합이 코앞인데 어서 연습하러 가라며 등을 떠밀었다. 창이는 할머니가 아픈데 무슨 연습이냐고 대꾸했지만, 일주일이나 훈련에 빠진 터라 몸이 근질거렸다. 결국 못 이기는 척 집을 나왔다.

"대항전 준비는 잘하고 있지?"

창이는 중구와 달호를 번갈아 쳐다보며 물었다.

"칠성의 에이스*가 없는데 잘될 리가 있냐?"

달호가 너스레를 떨었다.

"뭐 잘못 먹었냐? 웬 헛소리?"

창이는 낯간지러워서 퉁명스럽게 대꾸했지만, 듣기 싫은 소리는 아니었다.

친구들과 떠들며 걷는 사이에 솔밭 훈련장에 도착했다. 여기까지 오니 바다 냄새가 물씬 풍겼다. 학교에 운동장이 없어서 훈련할 데가 마땅치 않은 칠성 야구부에게 바닷가 초입의 솔밭

* 야구에서 팀의 주전 투수를 일컫는 말.

공터는 훌륭한 훈련 장소였다.

“주장!”

창이는 먼저 와서 몸을 풀고 있던 주장에게 다가가 반갑게 손을 흔들었다.

“왔냐?”

주장이 씩 웃으며 창이의 머리를 가볍게 흐트러트렸다. 창이가 주장 옆에 서서 가볍게 뜀뛰기를 하고 있으니 나머지 선수들도 하나둘 도착했다. 다들 창이를 보자마자 얼굴 까먹겠다, 안 오는 줄 알았다는 반가운 소리를 던졌다. 옆구리를 간질이거나 팔꿈치로 목을 걸면서 장난을 치기도 했다. 휑하던 훈련장이 금세 시끌벅적해졌다.

훈련에 나온 사람은 모두 아홉 명이었다. 일요일이라 감독님 없이 선수들끼리 자율 연습을 하는 날이었다. 그런데도 모두 빠짐없이 나왔다. 대항전이 한 달 앞으로 다가오니 다들 열심이었다. 창이는 포수인 중구와 짝을 이뤄 투구 연습을 했다. 오랜만에 공을 던진 탓인지 제구가 잘되지 않았다. 어떤 공은 글러브에 닿기도 전에 땅볼로 내리꽂히기도 하고, 어떤 공은 중구의 머리 위를 훌쩍 넘기기도 했다. 그래도 계속 던졌다. 손목의 방향을 바꾸며 팔꿈치의 위치도 신경 썼다. 늦봄의 미지근한 바람이 불어왔고 창이의 턱 밑으로 굵은 땀방울이 뚝뚝 떨어졌다.

그즈음이었다. 훈련장 입구 쪽에서 소란스러운 소리가 들려왔다. 창이는 얼떨결에 고개를 돌렸다가 인상을 찌푸렸다. 일본인 학생들이 다니는 광일중학교의 야구부 녀석들이었다. 3학년인 사토가 대장 노릇을 하며 나머지 녀석들을 끌고 오는 중이었다. 히죽거리는 꼴을 보니 또 뭔가 시빗거리가 있는 모양이었다.

“이봐. 다들 꺼져. 여긴 우리가 쓴다.”

사토가 제자리에 서서 다짜고짜 명령조로 소리치듯 말했다.

“우리가 먼저 왔는데 무슨 말이야?”

창이가 사토 앞으로 성큼성큼 다가갔다. 그러고는 발끈 화를 내며 맞받아쳤다.

“하여간 조선 놈들은 한 번에 말해서는 알아듣질 못하지?”

“괜히 시비 걸지 마. 너희는 학교 운동장에서 연습하면 되잖아!”

사토의 비아냥에도 창이는 물러서지 않았다. 또 시작이었다. 지금까지 사토와 이런 식으로 부딪친 적이 한두 번이 아니었다.

얼마 전에는 사토가 길 한복판에서 난영이의 머리채를 잡고 흔들어 댄 적이 있었다. 난영이가 자기를 쳐다보는 눈빛이 기분 나빴다나? 창이는 지나가던 길에 그 장면을 봤고, 눈이 뒤집힌 채 사토에게 달려들었다. 이내 두 사람은 거칠게 몸싸움을 벌였다.

"우리 학교 운동장은 지금 공사 중이야. 그러니까 당분간 여기는 우리가 써야겠다."

사토 옆에 있던 한 녀석이 말했다.

"그렇다면 너희가 다른 곳을 알아봐야지. 여기는 우리가 먼저 연습하고 있었잖아."

어느 사이에 창이 곁으로 다가온 주장이 나섰다. 주변으로 칠성 선수들도 슬금슬금 모여들었다.

"방망이 하나 제대로 없는 것들이 꼴에 연습? 가서 찜뿌*나 하는 게 어때? 그게 딱 수준에 맞을 것 같은데."

사토가 빈정거리면서 주장의 손에 들린 나무 작대기를 발끝으로 툭 찼다. 야구 방망이 대신 연습용으로 사용하는 방망이였다. 주장의 얼굴이 붉으락푸르락 달아올랐다.

"좀 꺼져!"

* 야구와 비슷한 골목 놀이. 배트나 글러브 없이 맨손으로 고무공을 친다.

창이가 못 참고 버럭 소리를 질렀다.

“조센진 따위가 감히!”

사토가 주먹을 치켜올렸다. 한 대 때리기라도 할 기세였다. 창이도 질 수 없다는 듯이 곧장 주먹을 들었다.

“뭐 하는 거야? 그만둬!”

그때 창이의 뒤편에서 우렁찬 목소리가 들려왔다.

“요시다!”

순간 사토의 얼굴에 반가운 빛이 스쳤다. 창이는 뒤를 돌아보았다. 처음 보는 낯선 얼굴이 이쪽으로 성큼성큼 걸어오고 있었다. 창이도 키가 큰 편이지만 요시다는 창이보다 한 뼘은 더 컸고 어깨는 중구보다 넓어 보였다. 광일의 유니폼을 입지 않았다면 대학생으로 느껴졌을 덩치였다.

“이게 무슨 짓이야?”

요시다가 한 번 더 소리를 질렀다. 창이는 자기도 모르게 어깨를 움츠렸다. 이글거리는 눈빛과 네모나게 각진 턱이 한눈에도 만만치 않아 보였다. 이런 녀석을 상대할 생각을 하니 눈앞이 아찔했다.

그런데 가만 보니 요시다가 노려보는 쪽은 창이가 아니라 바로 사토였다.

"선배들이 없는 사이에 후배들을 끌고 와서 이런 짓을 벌이면 어쩌자는 거야?"

요시다가 사토를 향해 마치 어른처럼 호통을 쳤다. 창이는 의아했다. 창이를 향해 욕설을 내뱉고, 그런 후에 주먹이 날아올 줄 알았는데 도리어 사토에게 화를 내다니.

사토 역시 예상치 못한 전개에 당황한 눈빛을 내비쳤다. 왠지 자존심도 상한 표정이었다. 그렇지만 입도 벙긋 못 했다.

"이럴 시간이 있으면 연습이나 더 해. 승부는 실력으로 겨루는 거야. 이런 유치한 주먹다짐이 아니라."

요시다가 한마디 더 했다. 창이는 깜짝 놀랐다. 조선인이라는 이유로 짓밟혀도 그게 당연한 세상이었다. 나라를 빼앗겼다는 건 그런 거였다. 그런데 실력으로 승부를 겨루라고? 창이는 자기도 모르게 요시다를 빤히 보았다. 이 녀석은 대체 누굴까. 문득 호기심이 일었다.

"우리가 왜 저런 버러지들과 실력을 겨뤄야 해?"

갑자기 사토가 눈을 부라리며 소리쳤다.

"뭣이 어째? 버러지?"

창이는 화가 솟구쳐 자기도 모르게 사토의 어깨를 세게 밀쳤다. 그러자마자 사토의 주먹이 날아왔다.

"으윽!"

창이가 코를 감싸 쥐며 휘청거렸다. 코끝이 찌릿하더니 얼굴 전체로 통증이 퍼졌다.

"우하하하."

광일 녀석들이 웃음을 터트렸다. 창이는 생각할 겨를도 없이 사토의 얼굴을 향해 주먹을 휘둘렀다. 사토의 입에서 "억!" 하는 소리가 튀어나왔다.

이윽고 여기저기서 고함이 들리더니 양쪽 선수들이 한꺼번에 맞붙었다. 누가 먼저랄 것도 없었다. 순식간에 다들 한 덩어리가 되어 난투가 벌어졌다.

그런 와중에 창이와 사토는 서로 죽일 듯이 노려보며 멱살을 움켜잡았다. 이리 끌고 저리 끌며 동시에 바닥을 뒹굴었다. 곧 창이는 넘어진 사토를 깔고 앉았다. 사토는 창이의 가랑이 사이에서 빠져나가려고 버둥거렸다.

"이 버러지만도 못한 새끼가!"

창이가 사토의 얼굴에 냅다 주먹을 날리려던 순간이었다.

삐빅— 삐빅—

호루라기 소리가 들렸다. 제복을 입은 순사 서넛이 이쪽으로 달려왔다. 그중 하나가 다짜고짜 구둣발로 창이의 등을 걷어찼다.

"이놈이!"

창이가 바닥에 나동그라졌다. 그 틈에 사토가 벌떡 일어섰다. 그때부터 순사가 창이를 향해 마구잡이로 몽둥이를 휘둘렀다. 동시에 발길질까지 이어졌다. 창이는 머리를 감싸 쥔 채 바닥을 뒹굴었다.

"으윽, 억!"

칠성 선수들의 비명도 연달아 들려왔다. 창이가 간신히 눈을 떠서 주위를 살펴보니 순사들이 조선인 학생들만 골라 때리고 있었다.

"꼴좋다. 흐흐흐!"

사토와 광일 녀석들은 이 광경을 즐기듯 팔짱을 끼고 서서 히죽거렸다.

"싸움을 먼저 건 녀석이 누구야?"

몽둥이세례를 실컷 퍼붓고 나서야 한 순사가 주위를 둘러보며 소리쳐 물었다.

"저 새끼가 먼저 쳤어요!"

사토가 기다렸다는 듯이 창이를 가리켰다. 창이는 자리에서 벌떡 일어나 당장이라도 달려들 것처럼 몸을 앞으로 내밀었다.

"그건 네가 먼저 시비를!"

"이 자식이! 아직도 정신을 못 차렸나?"

순사가 몽둥이를 치켜들어 창이의 등을 힘껏 내리쳤다. 창이는 짧은 비명을 터트리며 휘청거렸다.

"하여간 조센진들 더러운 성질머리하고는. 어서 사과해!"

순사가 창이를 향해 윽박질렀다. 창이는 화가 치밀었다. 어깨를 밀친 건 맞지만, 먼저 시비를 걸며 주먹을 휘두른 건 사토였다.

"제가 왜 사과해야 하죠?"

창이가 대들려던 찰나, 주위에서 끙끙 앓는 소리가 들려왔다. 다들 만신창이가 된 채 바닥에 널브러져 신음을 흘리고 있었다. 헝클어진 머리카락, 발자국이 찍힌 뺨, 너덜너덜 찢어진 유니폼, 곳곳에 핏자국이 선명했다. 참았어야 했을까? 그랬다면 이런 꼴은 겪지 않았을까? 여러 생각이 머릿속에 차올랐고, 이어 죄책감이 번졌다.

"이 자리에서 끝내고 싶으면 어서 빌고 사과하란 말이야!"

순사가 큰소리로 다그쳤다. 창이는 마지못해 사토 쪽으로 다가가 그 앞에 마주 섰다. 무언가를 재촉하듯 사토가 발을 까딱거리고 있었다. 속이 메슥거리면서 구역질이 났다. 창이는 숨을 깊이 들이마신 다음 간신히 입을 열었다.

"미안하다. 감히 주제도 모르고 까불어서."

그렇게 꺼낸 말에는 뾰족한 가시가 솟아 있었다.

"조센진이 분수도 모르고 날뛰면 어떻게 되는지 알아?"

사토가 비열한 웃음을 흘리며 물었다. 어차피 답을 들으려는 질문이 아닐 테니, 창이는 잠자코 서 있었다. 사토가 주먹을 들어 창이의 배를 힘껏 내리쳤다. 사토의 답이었다.

"어흑!"

창이는 배를 움켜쥔 채 땅바닥에 무릎을 꿇었다. 온몸이 떨리고 숨이 거칠어졌다. 억눌린 분노가 마음속에서 들끓었다. 하지만 이 상황을 벗어날 방법은 없었다. 비슷한 일들을 수도 없이 겪을 때마다 자존심이 무너지고, 스스로가 하찮게 여겨졌다. 창이는 비틀거리며 겨우 몸을 일으켰다.

"한 번만 더 걸리면 감옥에 처넣을 줄 알아! 알겠어?"

순사가 내뱉는 소리를 뒤로하고, 창이는 칠성 선수들과 터덜터덜 훈련장을 빠져나갔다. 패배자의 모습이 따로 없었다.

문득 손가락을 꼽아 보았다. 대항전이 두 달 정도 남았다. 창이는 하루빨리 경기장에 서고 싶었다.

'두고 봐. 대항전이 시작되면 경기장에서 아주 박살을 내 줄 테니까!'

창이는 이를 아드득 갈았다.

"봉창이! 눈에 힘 좀 풀어라. 뭐 한두 번이냐? 그만 잊어버려."

중구가 창이 어깨를 툭툭 쳤다. 창이가 주위를 돌아봤다. 다들 벌써 훌훌 털어 버린 듯 바닷가 모래밭을 걸으며 떠들어 댔다. 정신없이 엉어터진 주제에 조금 전에 있었던 일들을 신나게 떠벌리는 중이었다. 겉으로는 세상 단순한 놈들처럼 보이지만, 사실은 다들 분한 마음을 억누르고 있는 거였다. 이런 일을 당할 때마다 괴로워해서는 견디기 힘든 세상이므로 자신의 마음을 애써 모른 척하는 거다.

"아까 그 녀석 산해빈관 손자 맞지?"

달호가 일부러 분위기를 바꾸려는 듯 평소보다 더 호들갑을 떨며 물었다.

"누구?"

창이는 달호를 쳐다보며 되물었다.

"요시다 말이야. 걔네 아버지가 곧 산해빈관을 물려받을 거라며? 그래서 온 가족이 일본에서 왔대."

달호는 스스로 묻고 답했다. 산해빈관이라면 산해에서 유명

한 호텔이었다. 달호는 인력거꾼인 아버지를 대신해서 인력거를 끌 때가 있는데, 그때마다 손님들에게 주워듣는 소문이 많았다.

"그래서 광일 감독님도 걔 말에는 꼼짝도 못 한다더라. 아까 사토 봤잖아. 그 녀석 앞에서 바짝 얼었던 거. 괜히 산해빈관 손자겠냐?"

"야구 실력도 장난 아니라는데? 홈런 타자래. 일본에 있을 땐 고시엔에서 우승도 하고."

달호와 중구는 서로 아는 것을 겨루듯 말했다.

"고시엔 우승?"

창이의 목소리가 높아졌다. 고시엔은 일본에서 열리는 학생 야구 전국 대회였다. 예선을 통과해서 본선에 나가는 것만으로도 영광스러운 대회고, 일본뿐만 아니라 조선에서도 학생 선수라면 모두가 꿈꾸는 무대다. 할머니를 간호하느라 잠시 자리를 비운 사이에 대단한 녀석이 산해에 왔을 줄이야.

그때였다. 맞은편에서 난영이가 헐레벌떡 뛰어왔다. 난영이는 눈물범벅이 된 얼굴로 창이를 향해 소리쳤다.

"큰일 났어. 할멈이 다 죽게 생겼어! 빨리 가야 해. 빨리!"

혼자가 되다

창이는 아직도 이 상황이 믿기지 않았다. 눈동자가 갈 곳을 잃고 이리저리 헤맸다. 방 안이 원래 이만큼이나 넓었었나. 할머니가 누우면 꽉 차던 방이 황량한 들판 같았다.

'왜 그랬을까.'

다시금 후회가 밀려와 고개를 떨궜다. 야구 연습을 하러 가는 게 아니었다. 할머니 몸이 다 나을 때까지 곁에 있어야 했다.

며칠 전 난영이의 말을 듣고 달려왔을 때 할머니는 이미 돌아가신 다음이었다. 그날 아침까지만 해도 할머니와 얼굴을 마주 보고 대화를 나누었는데, 사람 목숨이 이렇게나 한순간에 꺼져 버릴 수 있다니. 창이는 할머니의 손을 붙잡고 울음 대신 고함을 질렀다. 어서 일어나라고, 눈을 떠 보라고. 하지만 할머니의 꼭 감긴 두 눈은 열리지 않았고 표정은 평온하기까지 했다. 창이는 온몸을 바들바들 떨며 할머니를 끌어안았다. 이대로는 할머니를 보낼 수 없었다. 할머니와 단둘이 의지하며 보냈던 순간들이 떠오르면서 뒤늦게 울음이 터져 나왔다. 이제는 세상에 홀로 남겨졌다는 생각에 가슴이 무너지는 듯한 두려움이 밀려와 눈앞이 아득해졌다. 그 후로는 당시의 상황이 잘 기억나지 않았다. 얼핏 까무러친 것 같기도 하고, 한참 동안 울부짖었던 것 같기도 했다.

할머니의 장례는 청월루 사람들의 도움으로 무사히 치를 수 있었다. 장례라 해 봤자 땅에 묻고 그 앞에서 곡하는 게 다였다. 그리고 다음 날부터 창이는 끙끙 앓아누웠다. 열이 펄펄 끓었고, 물 한 모금조차 넘기지 못해 모두 토했다. 알 수 없는 설움이 몰려와 한참을 방바닥에 엎드려 울음을 터트리기도 했다. 그렇게 꼬박 나흘을 앓다가 가까스로 정신을 차렸다.

창이는 더 늦기 전에 할머니의 유품을 정리해야겠다는 생각이 들었다. 방 안에서 할머니가 쓰던 물건들을 꺼내 바닥에 펼쳐 놓았다. 옷가지 몇 개와 상자가 전부였다. 겨우 이게 다라니. 다 태워도 한 줌 재조차 안 남을 듯했다. 창이는 그중 나무로 된 작은 상자를 향해 손을 뻗었다. 뚜껑을 열고 녹색의 얇은 천으로 정성스럽게 싼 사진 한 장을 들여다보았다. 사진 속에는 한복을 차려입은 젊은 남녀가 옅은 미소를 띤 채 나란히 서 있었다. 창이의 부모님이 혼인하는 날에 기념으로 찍은 사진이었다. 부모님의 얼굴을 사진으로 밖에는 볼 수 없어서 닳고 닳도록 보았었다. 그 때문에 지금은 눈을 감아도 부모님의 얼굴이 머릿속에 훤히 그려졌다. 할머니는 창이가 태어난 지 얼마 되지 않아 어머니와 아버지가 사고로 돌아가셨다고 했다. 그러나 무슨 사고였는지, 두 분의 무덤은 어디에 있는지, 창이가 아무리 물어도 부모님에 관해서는 알려 주지 않으셨다.

삼 년 전, 어느 추운 겨울밤이었다. 죽은 줄로만 알았던 아버지가 창이와 할머니를 찾아왔다. 아버지는 무슨 일이 있었던 건지 몰골이 말이 아니었다. 앙상하게 마른 몸 위에 헐렁하게 걸친 옷은 누더기나 다름없었고, 거뭇거뭇한 피부는 나무껍질처럼 메마르고 거칠어 보였다. 말라붙은 장작개비 같은 모습을 한 아버지는 할머니 앞에 무릎을 꿇고 앉아 하염없이 눈물을 흘렸다. 울음 사이마다 죄송하다는 말이 새어 나오기도 했다. 그러나 할머니는 아버지를 매몰차게 노려보며 "네 놈이 내 딸 인생을 망쳤다."고 소리를 질렀다. 창이는 지금까지 할머니가 그토록 화내는 모습을 한 번도 본 적이 없었다. 끝내 할머니는 아버지를 집 밖으로 떠밀었고, 아버지는 조금 버텨 볼 의지도 없이 그대로 휘적거리며 나갔다.

"아버지!"

창이는 자기도 모르게 아버지를 뒤따라가 옷자락을 붙잡았다. 그러나 아버지는 창이 얼굴을 쳐다보지도 않고 어둠 속으로 사라졌다. 아버지의 모습은 그때가 처음이자 마지막이었다. 그런데도 아버지의 얼굴은 창이의 머릿속에 각인되어 종종 떠오르기도 하고, 꿈속에 나타나기도 했다.

아버지가 나가자마자 할머니는 누구에게도 아버지를 봤다고 말해서는 안 된다며 창이를 다그쳤다. 할머니의 눈빛은 무어라 말할 수 없을 만큼 슬프게 느껴졌다. 그래서 창이는 아버지를 쫓아 버린 할머니를 차마 원망할 수도 없었다.

창이는 그날 처음 알게 되었다. 아버지가 만주에서 독립군으로 활동하고 있으며, 계속해서 경찰에 쫓기고 있다는 사실을 말이다.

창이는 다시 사진을 보았다. 아버지 옆에 동그스름한 이마에 반듯한 콧날과 단정한 입매의 어머니가 서 있었다. 창이의 눈길은 어머니에 오래 머물렀다. 어머니의 따뜻한 미소를 느끼고 싶어 사진 속 얼굴을 손끝으로 쓰다듬기도 했다. 기억조차 없는 어머니지만 그리움이 깊이 파고들어 마음이 먹먹해졌다.

그때였다.

"봉창이! 어서 나와 봐. 사장님이 찾으셔!"

청월루에서 일하는 보이 형의 목소리였다. 창이는 얼른 방문을 열고 밖으로 나갔다.

"사장님이요? 무슨 일인데요?"

창이는 왠지 불길한 기분이 들었다.

"난들 아냐? 빨리 가 봐."

보이 형이 어깨를 으쓱했다.

청월루는 왕족이 살던 별궁을 고쳐 지은 요리옥*이었다. 높은 담장으로 둘러싸인 이곳은 푸른 기와를 올린 한옥 건물들이 널찍널찍 들어섰으며, 건물 사이를 오가는 길목에는 작은 협문으로 서로의 영역이 구분됐다.

창이는 갓난아기일 때부터 청월루 뒷마당에 마련된 허름한 초가집에서 할머니와 함께 살았다. 할머니는 청월루 부엌에서 일을 하고, 창이는 바깥을 서성이며 손님을 구경했다. 그런 곳

* 대한 제국 때 음식과 술을 팔던 고급 요릿집으로 연회를 위한 장소로 이용되었다.

이었기에 창이는 익숙한 걸음으로 건물과 건물을 이어 주는 작은 문을 하나씩 넘었다. 이내 아담한 연못이 나왔다. 연못 건너편에 있는 문으로 나가면 대청마루가 딸린 전각이 보이는데, 청월루 사람들은 이곳을 별채라 불렀다. 사장님은 중요한 손님이 왔을 때만 본채로 나갈 뿐, 평소에는 늘 별채에 머무르고 계셨다.

별채로 향하던 창이는 문득 반대쪽을 보고 멈칫했다. 난영이가 연못을 바라보며 우두커니 서 있었다. 커다란 보따리를 안고 있는 걸 보니 별채에 빨래를 마친 옷감을 가져다주러 온 모양이었다. 그런데 난영이는 어딘가 넋이 나간 표정이었다.

'얼굴이 왜 이렇게 어둡지? 무슨 일이 있나?'

창이는 난영이를 향해 연못을 빙 둘러 걸어갔다. 그때 별채로 이어진 문에서 누군가 불쑥 튀어나왔다. 은은한 살굿빛의 기모노에 흰 꽃이 그려진 붉은 양산을 쓰고 있는 낯선 부인이었다. 부인은 창이를 보자마자 짐짓 놀란 표정을 짓더니 난영이 쪽으로 방향을 틀어 잰걸음을 놀렸다. 마치 창이를 피해 달아나는 것처럼 보였다. 그러다가 그만 난영이의 등을 툭 건드리고 말았다.

"으어어억!"

난영이가 연못에 빠져 허우적거렸다. 부인은 난영이를 힐끔 쳐다보다가 모퉁이로 사라져 버렸다.

"괜찮아? 다친 데 없어?"

창이는 얼른 물속으로 뛰어들어 난영이를 일으켜 세웠다. 난영이는 얼굴에 붙은 머리카락을 쓸어 넘기며 연신 캑캑거렸다. 연못이 깊지 않은 것이 그나마 다행이었다. 창이는 난영이를 부축해서 연못을 빠져나온 다음 다시 연못 안으로 들어가 빨래 보따리도 챙겨서 나왔다.

"뭐 저런 사람이 다 있어! 사람을 밀쳤으면 미안하다고 해야 할 거 아니야?"

창이는 부인이 사라진 쪽을 노려보며 버럭 소리를 질렀다.

"괜찮아. 바쁜가 보지 뭐."

난영이가 도리어 창이를 말렸다.

"괜찮긴 뭐가 괜찮아. 네가 다칠 뻔했잖아."

"나 정말 괜찮다니까. 안 다쳤으니까 됐어."

난영이는 어쩐 일인지 부인을 계속 감쌌다. 제 성격대로라면 길길이 날뛰어도 모자랄 판인데, 오늘따라 평소 같지 않았다.

"아무리 그래도 너무……."

"난 이만 가 봐야겠다. 빨래도 다시 해야 하고……."

난영이가 창이의 말을 뚝 잘랐다. 그러더니 창이가 붙잡을 새도 없이 물이 뚝뚝 떨어지는 보따리를 안고 급하게 사라졌다. 난영이의 태도가 어딘가 부자연스럽게 느껴졌다. 창이는 고개를 갸웃거리며 난영이의 뒷모습을 한참 바라보았다.

"이제 어떻게 할 생각이냐?"

창이가 집무실로 들어가자마자 사장님이 대뜸 질문을 던졌다. 늘 그렇듯 얼음장처럼 차가운 목소리였다. 서양식 가구와 장식품들로 호화롭게 꾸며진 공간은 왠지 모르게 위압감을 주었다.

창이는 어깨를 움츠린 상태로 사장님의 얼굴을 힐끔 쳐다보았다. 사장님은 커다란 원목 탁자 앞에 앉아 창이를 빤히 올려다보고 있었다. 머리에 얹은 보석 장식에 붉게 칠한 입술, 알록달록 수놓은 한복까지. 머리부터 발끝까지 화려하게 치장한 모습이었다.

"저, 청월루를 나가야 하나요?"

창이는 눈치를 살피며 되물었다.

조금 전 보이 형에게 사장님이 창이를 찾는다는 말을 들었을 때, 내심 이런 상황을 짐작했었다. 청월루의 부엌살림을 맡아서 일하던 할머니가 안 계시니, 창이가 더 이상 이곳에 머물 이유가 없었다.

"나가고 싶니?"

"아니요. 청월루에서 일하게 해 주세요."

창이는 다급하게 입을 떼었다. 청월루에서 일을 하면 이곳에서 계속 살 수 있지 않을까 해서 꺼낸 말이었다. 청월루는 할머니와 오래 살던 곳인데다 아버지가 다시 돌아올지도 모를 일이었다. 거기다 여기서 일하는 사람들도 창이에게는 가족이나 마찬가지였다.

"네가 무슨 일을 하겠다고?"

사장님이 창이를 위아래로 훑어보며 미덥지 않은 표정을 지어 보였다.

"보이로 일하면 안 될까요? 잘할 수 있어요."

"보이? 그게 만만해 보이니?"

그럴 리가. 창이는 어릴 때부터 보이 형들이 일하는 모습을 종종 지켜보았다. 손님을 맞이하고, 음식을 주문받고, 술과 요리를 갖다주기도 했다. 청월루가 하루 장사를 시작하면 보이들은 이 방 저 방을 날아다니듯 뛰어다니며 눈코 뜰 새 없이 바빴다. 만만하기는커녕 일이 힘들다는 걸 창이는 누구보다 잘 알고 있었다.

“학교는 어쩌려고?”

“그, 그게…….”

창이는 차마 입이 떨어지지 않았다. 할머니는 창이에게 자주 말씀하셨다. 힘없는 나라의 백성일수록 악착같이 배워야 자기 살길을 스스로 마련할 수 있다고. 그래서 할머니는 아무리 형편이 어려워도, 몸이 부서지도록 일을 해서 창이만큼은 보통학교*를 거쳐 고등보통학교까지 보냈다. 창이는 할머니를 위해서라도 졸업장을 꼭 받고 싶었다.

사실 창이가 학교에 가고 싶은 이유는 따로 있었다. 학교에 다녀야 야구부에서 선수로 뛸 수 있기 때문이었다.

“무모한 건지, 어리석은 건지.”

사장님이 혀를 끌끌 차더니, 다시 입을 열었다.

“학교도 다니고, 청월루 일도 할 수 있겠니? 웬만한 어른도 하기 힘든걸?”

할 수 있어서 하려는 게 아니었다. 해야 하는 일이기에 하려는 거였다. 창이는 학교도 계속 다니면서 야구도 끝까지 하고 싶었다. 그러기 위해 돈이 필요했다.

* 1906년에 설치된 초등교육기관으로 지금의 초등학교에 해당한다.

창이는 입을 다문 채 고개를 끄덕였다.

"청월루 일을 매일 하기는 힘들 거다. 시간이 날 때마다 일손을 거들도록 해. 웬만하면 주말에는 빠지지 말고. 그때가 가장 바쁘니까."

"그렇게 일해서는 월사금*이 부족해서 안 되는데……."

창이는 곤란한 표정을 지으며 혼잣말처럼 중얼거렸다. 생활비에 월사금까지 마련하려면 하루도 빠지지 않고 일을 해도 빠듯할 터였다.

"그건 걱정할 거 없다. 월사금은 내가 대 줄 테니."

"네?"

창이는 무언가 잘못 들었나 했다. 사장님은 이런 호의를 베풀 사람이 아니었다. 성격이 본래 다정한 편은 아니지만 창이와 할머니에게는 유독 더 쌀쌀맞았다. 말투도 냉랭하고 쳐다보는 눈빛이 싸늘하게 느껴질 때도 한두 번이 아니었다. 창이만의 착각은 아니었다. 사장님이 지나가고 나면 난영이가 "어휴, 춥다 추워."라며 팔짱을 끼고 달달 떠는 시늉을 했으니까. 그래서 창이는 이유도 모른 채 사장님에게 서운한 마음이었다.

* 다달이 내던 수업료.

"도대체 왜……."

창이는 자기도 모르게 속마음이 불쑥 입 밖으로 나왔다.

"싫으면 관두든지. 그만할 테냐?"

"아, 아닙니다!"

지금 창이 처지에 무얼 더 따지고 말고 할 것도 없었다. 창이는 사장님의 마음이 바뀌기 전에 도망치듯 문밖으로 뛰쳐나갔다.

첫 만남

청월루에서 일을 시작한 지도 보름이 지났다. 창이는 몸을 일으키려다 말고 앞으로 푹 고꾸라지고 말았다. 온몸이 쑤시고 아파서 일어날 기력도 없었다. 그중 어제는 손님이 가장 많은 날이었다. 창이는 저녁나절 내내 발바닥에 불이 나도록 뛰어다녀야 했다. 음식이 담긴 그릇들은 또 얼마나 무거운지, 어깨가 빠질 것 같았다. 거기에다가 자정을 훌쩍 넘기고 나서야 일이 끝났으니, 잠잘 시간도 부족했다. 몸이 못 버틸 만도 했다. 그렇다고 새벽 운동을 빠질 수는 없었다. 대항전이 한 달도 남지 않은 지금, 게으름을 부릴 시간조차 아까웠다. 창이는 억지로 힘을 내 간신히 몸을 일으켰다.

문밖으로 나서자마자 서늘한 바람이 뺨을 훑고 지나갔다. 청월루는 신작로에서 조금 떨어진 골목에 자리 잡고 있었다. 창이는 골목을 빠져나가 신작로를 천천히 뛰었다.

어느 사이에 해안가로 이어지는 샛길로 들어서자 갈매기들이 끼룩거리는 소리가 가까이 들려왔다. 창이는 달리면서 깊숙이 숨을 들이켰다. 콧속으로 비릿한 바다 내음이 풍겼다.

창이의 걸음이 멈춘 곳은 사람 한 명 보이지 않는 한적한 해안가였다. 파도가 뽀얀 물결을 일으키며 좌르르 밀려왔다. 창이는 모래밭을 돌아다니며 돌멩이를 하나둘 모았다. 야구공 대신 돌멩이라도 던져 손의 감각을 익히고 싶었다. 얼마 지나지 않아 창이의 발 옆에 돌무더기가 수북하게 쌓였다. 창이는 그중 하나를 쥐어 들고 바다를 마주 보며 섰다. 문득 처음으로 야구 경기를 봤던 날이 떠올랐다.

4년 전 창이가 열두 살이던 어느 날이었다. 지금의 바다처럼 하늘이 푸르디푸르렀고, 창이는 중구를 따라 기차를 타고 경성으로 향했다. 중구의 아버지인 덕호 아재에게 가는 길이었다. 덕호 아재는 경성에 있는 방직 공장에서 실을 뽑아 천을 짜는 일을 했는데, 그즈음 많이 바빴는지, 한참 동안 산해에 내려오질 못했다. 그래서 중구네 어머니가 창이와 중구에게 반찬이며 옷가지 등을 잔뜩 건네며 아재에게 갖다주라고 부탁한 것이다.

경성에 처음 와 보는 창이와 달리, 중구는 몇 번 오간 적이 있어서인지 경성의 복잡한 길을 잘 찾았다. 아재는 집 앞 골목까지 나와 기다리고 있었다. 창이와 중구를 보자마자 짐을 받아서 냉큼 방 안에 들여놓더니 재미있는 구경을 시켜 준다며 두 사람을 급히 어딘가로 이끌었다. 경성 구경이라도 시켜 줄 참인가? 창이는 한껏 부풀어 오른 마음으로 아재의 뒤를 따랐다. 그런데 아재의 걸음이 멈춘 곳은 다름 아닌 경성운동장*이었다. 작년에 개장한 이곳은 조선에서 가장 큰 운동장이라더니, 과연 그 규모가 어마어마했다. 산해에 있는 공설 운동장과는 비교도 되지 않았다.

"아버지, 여기는 왜 왔어요?"

"늬들 야구 경기 본 적 없지? 아버지가 구경 시켜 주마. 오늘 마침 실업 야구팀 경기가 있다고 해서 데려왔으니 한 번 봐라."

중구가 묻는 말에 아재는 어딘가 들떠 보이는 표정으로 대답했다. 그러나 야구에 아무 관심도 없던 창이는 퍽 실망스러웠다. 차라리 우미관*이나 구경 시켜 주지. 속으로 그런 생각을 하

* 현재 동대문역사문화공원 자리로 '경성운동장' '서울운동장' '동대문운동장'으로 불렸다.

고 있을 때였다. 곧 양 팀의 선수들이 경기장 안으로 들어오더니 서로 마주 보고 서서 인사를 나누었다. 한 팀의 유니폼에는 한글로 고려야구단이라는 글자가, 다른 팀의 유니폼에는 일본어로 용산철도국이라는 글자가 새겨져 있었다.

이 낯선 광경은 대체 뭐지? 창이는 고개를 갸웃했다. 산해에는 실업 야구는커녕 학생 야구도, 조선인 팀이라고는 찾아볼 수 없었다. 야구를 하는 사람도, 구경하는 사람도 대부분 일본인이었다. 그래서인지 창이는 야구가 일본인만 즐기는 운동이라고 여겼고, 야구에 별 관심도 없었다. 그런데 조선인과 일본인이 한 운동장에 나란히 선 모습을 보자 몹시 생경하게 느껴진 것이다.

경기가 시작되자, 고려야구단의 투수가 깡마른 몸집으로 가녀린 팔다리를 흔들며 등장했다. 그때까지만 해도 그 선수에게 그다지 눈길이 가지 않았다. 그런데 그가 공을 던지기 시작하자 갑자기 달리 보였다. 선수는 날카로운 눈빛을 번뜩이며 타자 한 명 한 명에게 도전장을 내밀 듯 온 힘을 다해 공을 던졌다. 상대 타자들이 그가 던진 공에 물러설 때마다 창이는 괜스레 가슴이 울렁거렸다. 그러면서 서서히 경기에 빠져들었고, 경

* 1910년대 서울 종로에 세워진 옛 영화관.

기를 보는 내내 심장이 팔딱팔딱 뛰었다. 그러나 창이의 시선을 더욱 끈 것은 조선인 관중들이 응원하는 모습이었다. 조선인 관중들은 경기가 이어지는 동안 줄곧 꽹과리와 북을 두드리며 열띤 응원을 펼쳤다. 순사들이 조선인들의 응원 태도가 무식하다며 꽹과리와 북을 뺏어 가도 전혀 아랑곳하지 않았다. 도리어 두 주먹을 불끈 쥐고 북과 꽹과리를 대신해 목이 터지라 응원했다. 물러서지 말라고! 맞서 싸우라고! 반드시 이기라고! 조선인이 일본인을 상대로 이렇게 제 목소리를 낸다니. 창이는 처음 보는 광경에 입이 다물어지지 않았다. 그러면서 한편으로는 무언가 속이 뻥 뚫리는 느낌도 들었다. 덕호 아재가 왜 야구장에 데려왔는지 그 이유를 어렴풋이 알 것 같기도 했다.

경기는 고려야구단의 아쉬운 패배로 끝났다. 7 대 6이라는 아슬아슬한 점수 차였다. 그러나 창이는 아쉽기보다 벅차오르는 마음이 더 컸다. 그저 지켜보기만 했을 뿐인데도 선수로 뛴 것처럼 가슴이 세차게 뛰었다. 이어 마음속에서 무언가 꿈틀거렸고, 곧 창이의 심장을 간지럽혔다. 창이는 당장 야구 경기가 펼쳐진 운동장으로 뛰어 내려가고 싶었다. 베이스도 힘차게 돌고, 방망이도 휘두르고, 투수판에 서서 공도 던져 보고 싶었다.

쏴아아—

파도 소리가 창이의 귓가를 시원하게 때렸다. 창이는 바다를 향하던 시선을 돌려 자기 손에 든 돌멩이를 바라보았다. 말로 다할 수 없는 그날의 기분이 아직도 생생했다. 그러다가 다가올 대회를 생각하니 다시금 심장이 간질거렸다.

산해 학생 야구 대항전은 창이에게 처음 찾아온 기회였다. 대항전에서 좋은 성적을 거두면 전국 대회인 전(全) 조선 야구 대회에 참가할 기회가 생기고, 거기서 우승하면 조선 대표로 고시엔 본선에 나갈 수 있다.

이미 몇 년 전에 경성의 한 야구부가 전 조선 야구 대회에서 우승하여 고시엔 본선에 나간 적이 있었다. 칠성처럼 조선인 학생으로만 꾸려진 야구부였다. 칠성이라고 못 할 것도 없었다. 창이의 마음속에 자신감이 차올랐다.

'좋아!'

창이는 힘껏 팔을 휘둘렀다. 돌멩이가 수평선을 향해 저 멀리 날아갔다. 새벽빛을 품은 파도는 더욱 세차게 철썩거렸다.

변화구

시간이 얼마나 지났을까. 어느덧 해가 하늘 위로 제법 솟아올랐다. 창이는 숨을 헐떡거리며 이마에 맺힌 땀을 닦아 냈다. 돌무더기가 수북하게 쌓여 있던 자리가 텅 비었다. 비록 돌멩이지만, 훈련량을 모두 채우고 나니 입가에 만족스러운 미소가 번졌다.

문득 요시다가 떠올랐다. 요시다를 처음 봤을 때 "승부는 실력으로 겨루는 거야."라고 했던 말이 머릿속을 맴돌았다. 창이는 실력을 길러 요시다와 승부를 겨루고 싶었다. 이를 위해서는 연습에 더욱 힘을 쏟아야 했다. 창이는 입가에 번졌던 미소를 거두고 입술 끝에 힘을 주었다. 그러다가 불현듯 아차, 싶었다. 광일중학교와 상신중학교의 친선 경기가 바로 오늘이었던

게 떠올랐다. 요시다가 산해에 와서 처음으로 치루는 경기였다.

'으이그, 그걸 까먹냐!'

창이는 주먹으로 제 머리를 세게 쳤다. 고시엔의 우승 팀에서 활약한 요시다의 실력을 제 눈으로 확인할 기회인데, 그걸 깜빡하다니. 지금 출발해도 경기장에 도착할 즈음이면 이미 시작했을지 몰랐다. 창이는 서둘러 모래밭을 지나 해안 길을 따라 달렸다. 세관과 은행, 상회들을 하나씩 지나쳐 가다가 신작로에 들어서기 직전에 동쪽으로 꺾어서 얼마간 더 뛰었다. 그러자 곧 비탈길이 나왔다. 숨을 헐떡이며 언덕을 오르니 드디어 광일중학교가 보였다.

"와아! 와아!"

담장 밖까지 관중들의 응원이 들렸다. 경기는 이미 시작된 듯했다. 창이는 서둘러 교문 안으로 들어섰다. 공사를 했다더니 운동장이 이전보다 훨씬 커 보였다. 야구 훈련이나 경기를 맘껏 할 수 있을 정도였다.

창이는 부러운 마음을 뒤로하고, 구경하는 사람들 사이를 헤치며 주변을 두리번거렸다. 낯익은 얼굴들이 꽤 보였다. 친선 경기일 뿐인데도 산해의 학생 선수들이 죄다 몰려온 듯싶었다. 아마도 창이처럼 요시다의 실력이 궁금해서 왔을 테다. 창이는 요시다를 향한 관심이 이 정도로 높았나 싶어 내심 놀랐다.

관중들 사이에서 중구와 달호의 모습이 보였다. 두 녀석은 목을 빼고 경기를 지켜보느라 창이가 가까이 있는 줄도 몰랐다.

"어떻게 됐어?"

창이는 두 사람에게 바짝 다가가 물었다.

"아잇, 깜짝이야. 왜 이렇게 늦었어? 안 오는 줄 알았잖아!"

달호가 창이를 보자마자 볼멘소리를 높였다.

"미안. 연습하다 보니 늦었어."

창이가 멋쩍게 웃었다.

"아직 1회 말이야. 상신이 공격인데 지금까지는 점수가 안 났어."

"요시다는?"

중구가 대답하자마자 창이는 곧바로 되물었다.

"아직 안 나왔어. 다음 공격에서 첫 타자로 나올 거야."

중구의 이어지는 대답에 창이는 다행이라고 생각하며 운동장 쪽으로 시선을 돌렸다.

상신의 공격 차례는 곧 끝이 났다. 1회 공격이 끝날 때까지 점수를 내지 못했다. 삼진 아웃을 당한 상신의 마지막 타자가 굳은 표정으로 뒤돌아섰다. 반면에 유인구로 상대 타자의 헛방망이질을 세 번이나 끌어낸 사토는 대기석으로 들어가며 의기양양한 표정을 지었다. 그 모습이 어찌나 꼴사나운지, 창이는 고개를 절레절레 저었다.

곧바로 2회 초가 시작되었다. 광일의 공격 순서였다. 중구의 말대로 광일의 4번 타자인 요시다가 선두 타자로 타석에 들어섰다. 순간 관중석이 크게 술렁였다. 창이는 자기도 모르게 침을 꿀꺽 삼켰다. 요시다가 어떤 모습을 보여 줄지 기대가 되는 한편, '얼마나 잘하는지 두고 보자.'라는 공연한 시기심도 들었다.

요시다가 두 발을 일자로 벌리고 서서 방망이를 움켜잡았다. 눈빛은 절대 공을 놓치지 않겠다는 자신감으로 가득 차 있었다. 창이는 상신의 투수 쪽으로 시선을 돌렸다. 요시다를 상대로 과연 어떤 공을 던질까 궁금했다.

이윽고 투수가 두 손을 머리 위로 번쩍 올렸다. 동시에 요시다의 눈빛이 번뜩였다. 투수는 한 발을 들어 올렸다가 앞으로 크게 내디디며 힘껏 공을 던졌다. 요시다가 주저 없이 방망이를 휘둘렀다. 초구부터 매우 과감한 동작이었다.

그러나 투수가 던진 공이 좀 더 빨랐다. 포수의 글러브 안으로 공이 꽂히고 나서야 요시다의 방망이가 공이 지나간 자리를 뒤늦게 훑었다.

“아, 헛스윙이네.”

달호가 아쉬운 듯 외쳤다. 그러고는 “두 번째 공은 칠 수 있겠지?”라며 중얼거렸다. 그러나 달호의 바람과는 달리 두 번째는 방망이에 맞았지만 공은 왼쪽 파울선을 훌쩍 넘기고 말았다.

“벌써 투 스트라이크야. 이러다가 삼구 삼진으로 아웃당하겠어. 고시엔이니, 홈런 타자니, 그거 다 헛소문 아니야?”

달호가 방정맞게 떠들었다.

“몸이 덜 풀렸나 보지.”

반면에 중구는 별 동요가 없었다. 창이는 잠자코 서서 요시다의 방망이만 뚫어져라 쳐다보았다.

바로 그 순간이었다. 딱! 하는 경쾌한 타격 소리가 경기장을 울리더니 요시다가 친 공이 2루와 3루 사이를 뚫고 날아갔다. 상신의 좌익수가 공을 잡기 위해 죽어라 뛰었다. 그러나 저 멀리 날아간 공은 담장 바로 앞에 떨어졌다. 그사이에 요시다는 2루까지 내달렸다.

"와!"

창이의 입에서 감탄이 터졌다. 첫 타석에서 2루타라니!

"이야! 대단해, 역시!"

달호는 삼구 삼진이라는 둥, 헛소문이라는 둥, 방금 내뱉은 말을 모두 잊은 듯 엄지를 치켜들었다.

"가볍게 친 것 같은데 엄청 멀리까지 날아갔어!"

"잘하면 홈런이었는데, 아깝다."

창이와 중구도 흥분해서 한마디씩 거들었다.

그 뒤로도 요시다는 타석에 설 때마다 제 실력을 제대로 발휘했다. 두 번째 타석에서는 상신의 투수가 작정한 듯 새로운 볼 배합을 보여 주었다. 지금까지 몸쪽 직구나 직구보다 살짝 낮은 공을 주로 던졌지만, 요시다에게는 안쪽에서 바깥쪽으로 흘러 나가는 유인구를 던진 것이다. 그러나 요시다는 속지 않았다. 방망이를 꽉 움켜쥐고 절대 휘두르지 않았다. 2구째도 마찬가지였다. 그러다가 3구째에 살짝 낮은 듯한 직구가 들어오자 방망이를 시원하게 휘둘렀다. 투수는 땅볼을 유도했지만, 요시다가 또 한 번 깔끔한 안타를 기록하며 뛰어난 선구안을 여실히 드러냈다.

경기는 6회에 접어들었다. 요시다가 세 번째 타석에 섰을 때였다. 갑자기 포수가 자리에서 벌떡 일어났다. 아예 고의 사구를 던져서 요시다를 내보낼 작정이었다. 8 대 6으로 지고 있는 데다가 2루와 3루에 주자가 나가 있는 만큼 요시다가 자칫 홈런이라도 치면 점수 차가 크게 벌어지기 때문이었다. 상신은 결국 작전대로 요시다를 볼넷으로 내보내며 겨우 위기를 막았다. 이어서 상신의 반격이 시작됐다. 상신의 타자들이 사토를 상대로 연이어 점수를 뽑아내더니 8회에서는 무려 3점 홈런까지 터트리며 11 대 10으로 역전에 성공했다.

경기는 어느덧 9회 말이 됐다. 광일의 마지막 공격이었다. 점수 차는 단 1점밖에 나지 않았기 때문에 얼마든지 재역전의 기회가 있었다. 광일의 2번 타자가 타석에 들어섰다. 처음에는 공 2개를 그냥 흘려보내더니, 3구째에 좌중간을 가르는 2루타를 때렸다. 시작이 좋았다. 다음 순서인 3번 타자는 내야 땅볼로 아웃당했지만, 그사이에 2번 타자가 3루까지 진출했다. 이윽고 요시다가 타석에 올랐다.

"와아아아!"

관중석에서 응원의 목소리가 높게 울렸다. 아웃은 하나였고, 주자는 3루에 나가 있었다. 만약 요시다가 홈런을 치면 2점을 얻어 짜릿한 역전승이고, 최소 안타만 쳐도 무승부였다. 광일의 입장에서는 요시다의 적시타가 절실한 순간이었다.

상신의 투수가 포수와 사인을 주고받으며 어떤 공을 던질지 신중하게 골랐다. 8회에 교체된 투수였는데, 요시다에게는 첫 상대였다. 요시다의 표정이 매우 진지했다.

드디어 투수가 공을 던졌다. 공은 직구처럼 쭉 날아갔다. 요시다가 자신 있게 방망이를 휘둘렀다. 그러나 요시다의 방망이에 닿기 직전 공이 아래쪽으로 급격히 떨어지더니, 매우 낮게 깔린 상태에서 포수의 글러브 안으로 쏙 들어갔다.

이토록 절묘한 변화구라니! 창이는 입을 다물지 못했다. 반면에 요시다는 당황한 기색을 감추지 못했다.

2구째도 마찬가지였다. 직구가 날아오길 기다리던 요시다는 상대 투수가 던진 똑같은 변화구에 속아서 방망이를 허공에 휘두르고 말았다. 그래도 창이는 요시다가 3구째는 칠 수 있을 거로 생각했다. 그러나 요시다는 이번에도 아까와 같은 궤적으로 들어오는 변화구와 직구를 구분하지 못하고 헛방망이질하고 말았다. 삼진 아웃이었다. 어쩐 일인지 그 좋던 선구안이 통하지 않았다. 결국 빈손으로 물러나야 했다. 요시다는 대기석으로 들어가자마자 애꿎은 모자를 바닥에 내팽개치며 씩씩거렸다.

다행히 광일은 다음 타자들이 연달아 안타를 치면서 2점을 추가했고, 9회 말에 상신의 공격을 꽁꽁 막아 12 대 11로 승리를 거두었다. 친선 경기가 아니라 대항전 결승에 비길 만큼 손에 땀을 쥐게 하는 경기였다.

경기가 끝나자 관중들이 교문 밖으로 우르르 나가기 시작했다. 창이도 친구들과 함께 교문 쪽으로 떠밀리듯 걸음을 옮겼다. 달호와 중구는 흥분이 가시지 않은 목소리로 오늘 경기 내용에 대해 떠드느라 정신이 없었다.

'어떻게 하면 그런 공을 던질 수 있을까?'

창이의 머릿속은 상신의 투수가 요시다에게 던진 변화구에 관한 생각으로 꽉 차 있었다. 그리고 그런 공을 던지고 싶은 생각에 손끝이 간질거렸다.

교문에 거의 다다랐을 즈음이었다. 불현듯 창이의 주위에서 일본 부인 서넛이 쑥덕거리는 소리가 귀에 꽂혔다.

"저 여자가 산해빈관 안주인이죠? 이름이 히토미라던가?"

"요시다 응원하러 왔나 봐요."

"조선 여자라면서요?"

"네? 조센진이라고요? 그럼 요시다도 조센진 피가 섞인 거란 말이에요?"

요시다가 조선인의 아들이라고? 괜스레 창이의 귀도 솔깃했다.

"그건 아니고요. 본처가 아니라 후처래요. 본처가 요시다를 낳고 죽어서 후처를 들인 거라던데?"

"그런데 왜 하필 조센진을?"

"쉿. 다들 말조심해요. 산해에서 저 집안 위세가 얼마나 대단한데요."

창이는 얼떨결에 부인들이 힐끔대는 쪽으로 고개를 돌렸다. 스무 걸음 남짓 떨어진 거리에 어떤 부인이 흰 꽃이 그려진 붉은 양산을 쓴 채 서 있었다. 분명 처음 보는 얼굴일 텐데 어딘가 낯익었다. 순간 창이의 온몸이 얼음처럼 굳었다.

'말도 안 돼!'

창이는 눈을 비비고 몇 번이나 다시 부인의 얼굴을 쳐다보았다. 그러나 아무리 보아도 창이의 머릿속에는 한 사람의 얼굴밖에 떠오르지 않았다. 바로 어머니였다.

서성이는 마음

창이는 관중들을 밀치며 그 사이를 비집고 달렸다. 사람들이 움직이는 사이로 드문드문 시야가 가려졌다. 그러는 동안에도 히토미 부인에게 시선을 떼지 않았다. 언뜻 부인의 손에 들린 붉은 양산이 눈에 들어왔다. 그러자마자 또다시 눈앞이 가려졌고, 부인이 서 있던 자리에 이르렀을 때에는 이미 어딘가로 사라져서 보이지 않았다. 창이는 곧바로 교문을 빠져나가 주위를 두리번거렸다. 그러나 그것을 끝으로 부인의 모습은 어느 방향에서도 찾을 수 없었다.

문득 부인이 들고 있던 양산이 청월루의 별채 연못에서 봤던 일본 부인의 양산과 비슷한 것 같다는 생각이 들었다. 창이는 바로 청월루를 향해 달리기 시작했다.

'설마, 아니겠지? 그저 닮은 거겠지? 세상에 닮은 사람이 얼마나 많은데…….'

창이는 제 생각이 틀렸을 거라 생각하면서도 달리는 걸 멈출 수 없었다. 아니라고 하기에는 히토미 부인은 사진 속 어머니와 너무 닮았다. 게다가 히토미 부인이 조선인이라던 사람들의 대화도 마음에 걸렸다.

'하지만 할머니가 어머니는 돌아가셨다고 말씀하셨는데…….'

창이는 또다시 고개를 내저었다.

'아니야. 할머니는 어머니가 어떻게 돌아가셨는지 말씀해 주지 않으셨어. 아버지도 돌아가신 줄 알았지만 사실은 살아 계셨잖아. 어쩌면 어머니도…….'

창이의 머릿속에는 여러 생각이 거미줄처럼 얽히고설켰다.

"사장님, 헉헉! 창이입니다."

창이는 청월루에 들어서자마자 별채로 달려갔다. 가쁜 숨을 채 고르지도 못했다. 대답을 기다리는 잠깐 사이에도 다리가 후들거리고 심장이 쿵쾅거렸다.

그러나 안에서는 아무런 기척이 없었다.

"사장님."

창이는 재촉하듯 한 번 더 불렀다.

"들어오너라."

그제야 사장님의 목소리가 들려왔다. 창이는 서둘러 문을 열었다.

"무슨 일이냐?"

방 안 탁자 위에는 숫자가 적힌 종이 뭉치들이 잔뜩 어지럽게 흩어져 있었다. 사장님은 한 손에 만년필을 쥐고서 문서들을 연신 눈으로 훑어 내렸다. 그러느라 창이를 쳐다보지도 않았다.

"여쭤볼 게 있어서 왔습니다. 며칠 전에 히토미 부인이 사장님을 찾아온 적이 있었지요?"

창이는 이것저것 따질 새도 없이 궁금했던 말부터 꺼냈다.

"대뜸 찾아와 그게 무슨 말이냐? 히토미 부인이라니?"

그제야 사장님이 고개를 들어 창이를 빤히 보았다. 인상을 살짝 찌푸린 채였다.

"그날 별채 연못에서 어떤 일본 부인과 마주쳤는데, 아무래도 히토미 부인 같아서요."

탁!

사장님이 손에 든 만년필을 탁자 위에 거칠게 내려놓았다. 매우 언짢은 기색이었다. 그 바람에 창이의 말이 끊겼다.

"내 손님에 대해 너에게 일일이 설명해야 하니?"

사장님의 말속에 짜증이 섞여 있었다.

"그, 그, 그게 아니라. 히토미 부인을 봤는데 제 어머니와 너무 닮아서……."

창이는 말끝을 흐렸다.

"그래서 히토미 부인이 네 어미라도 된다는 말이냐?"

사장님이 어이없어 하는 표정으로 되물었다.

"그걸 확인해 보고 싶습니다. 혹시 히토미 부인에 대해 아는 게 없으신지요?"

그러나 사장님은 창이의 말을 더 들을 필요도 없다는 듯이 손을 내저었다.

"네 죽은 어미를 왜 여기서 찾는 게야? 그게 나와 무슨 상관이 있다고? 그런 헛소리를 하려거든 썩 나가거라."

창이는 말문이 막혔다. 듣기에도 틀린 말이 아니었다. 그런데도 걸음을 돌릴 수가 없었다. 히토미 부인이 조선에 오자마자 이곳에 들렀다면, 분명 두 사람은 가까운 사이일 거다. 창이는 사소한 거라도 좋으니 작은 실마리라도 얻고 싶었다. 그래서 나가지도 못하고 머뭇거리며 서 있었다.

"기어이 사람을 불러서 내쫓아야겠니?"

사장님의 표정이 싸늘했다. 더 이상 들을 말이 없을 것 같았다. 창이는 할 수 없이 문을 열고 나가려 했다. 그래도 아쉬운 마음이 들어 고개를 슬쩍 돌렸다. 그러나 사장님은 창이가 안중에도 없다는 듯 서류에 고개를 파묻고 있었다.

창이는 방을 나서자마자 다리가 휘청거렸다. 한 걸음씩 힘주어 걸었지만, 순간 다리에 힘이 풀리며 바닥에 털썩 넘어지고 말았다.

'이제 어떻게 해야 하지?'

머릿속이 아득했다. 문득 이럴 게 아니라 히토미 부인을 만나봐야겠다는 생각이 들었다. 몸을 일으켜 다시 걸음을 떼었다.

그러나 몇 발짝 가지도 못하고 멈칫했다. 부인을 만나면 무슨 말부터 꺼내야 하는지, 만나도 되는지, 선뜻 판단이 서지 않았다. 창이는 혼란스러운 마음으로 요시다네 집이 있는 방향을 한참 동안 바라보았다.

'어머니가 맞긴 할까? 정말 내 어머니라면 왜 날 찾아오지 않았을까? 설마 날 버리고?'

창이는 고개를 흔들었다. 다시 걸음을 이어가긴 했지만, 여전히 머릿속이 어지러워서 몇 번이나 발길을 돌리며 주저했다. 그렇게 걷다 보니 눈앞에 요시다의 집이 나타났을 때, 흠칫 놀라는 마음이 먼저 들었다.

산해에서 요시다의 집을 모르는 사람은 아무도 없었다. 요시다의 할아버지가 살던 때부터 '대궐 같은 집'으로 불리던 그 집은 정말 겉보기에도 으리으리했다. 높다란 솟을대문의 양쪽으로 돌담이 길게 늘어섰고, 담장 안쪽에는 키 큰 나무들이 삐죽삐죽 솟아 있었다. 나무들 사이로 언뜻 보이는 커다란 이 층 기와지붕은 웅장해 보이기까지 했다.

창이는 대문에서 멀찍이 떨어진 채 서성거렸다. 어쩌자고 여기에 온 걸까. 스스로 생각하기에도 미친놈 같았다. 오늘 처음 본 사람에게 다짜고짜 당신이 내 어머니가 맞냐고 물을 수 있을까 싶었다.

'사진 속 어머니와 닮은 모습에 순간적으로 판단력을 잃은 게 분명해. 할머니가 떠나신 지 얼마 되지 않았잖아. 그래서 마음이 약해진 거야.'

창이는 나름 그렇게 결론을 내리며 자신을 타일렀다. 여기까지 와서야 정신이 돌아오는 모양이었다. 서서히 마음이 진정되는 듯싶었다.

'그래. 돌아가자.'

창이는 마음먹고, 곧바로 몸을 돌렸다. 그때였다. 등 뒤에서 대문이 열리는 소리가 들려 반사적으로 뒤를 돌아보았다. 대문 앞에 히토미 부인이 서 있었다. 부인은 주위를 두리번거리며 누군가를 기다리는 눈치였다. 그러다가 창이와 눈이 마주쳤고, 그 순간 창이는 덜컥 가슴이 내려앉고 말았다.

마음을 다잡은 줄 알았는데, 그게 아니었나 보다. 가까이에서 보니 히토미 부인은 사진 속 어머니와 더욱 닮아 보였다. 죽은 어머니가 살아서 돌아왔다 해도 믿을 수 있을 듯했다. 히토미 부인에게 다가갈 수도, 그렇다고 돌아설 수도 없는 채로, 창이는 제자리에서 머뭇거렸다.

문 앞에서 낯선 이를 발견했기 때문일까. 히토미 부인도 짐짓 놀라는 표정이었다. 그러더니 곧 걸음을 떼어 이쪽으로 천천히 다가왔다. 거리가 좁혀질수록 창이는 심장이 터질 것 같았다.

그런데 그때였다. 여러 명의 말소리가 들린다 싶더니, 행인 서너 명이 골목 끝에서 이쪽으로 걸어오고 있었다. 창이가 얼떨결에 그들에게 시선이 팔렸다가, 다시 부인 쪽으로 고개를 돌렸다. 부인은 이미 반대쪽 골목 끝으로 걸어가는 중이었다.

'그럼 그렇지. 대체 무얼 기대하고……'

창이는 헛웃음이 났다. 내가 아들이라면 이렇게 코앞에 두고 모른 척할 리가 없는데. 자신의 어처구니없는 모습에 얼굴이 화끈거렸다.

때마침 요시다가 골목 모퉁이를 돌아서 나타났다. 요시다는 흙 묻은 유니폼을 입고 야구 방망이 두어 개를 어깨에 걸친 채 걸어오고 있었다. 창이는 자기도 모르게 가까운 담벼락 뒤로 후다닥 숨었다. 마치 남의 것을 훔치다가 들킨 심정이었다. 그런 본인의 모습이 기막힐 정도로 한심했다.

히토미 부인이 요시다를 향해 반가운 듯 잰걸음을 했다.

"경기는 한참 전에 끝났을 텐데 왜 이리 늦었어? 오늘 힘들지 않았니?"

히토미 부인이 요시다의 등을 두드리며 다정하게 말을 건넸다. 창이는 두 사람이 나란히 대문 안으로 들어가는 모습을 멀거니 쳐다보았다.

'요시다의 어머니는 소문대로 정말 조선인일까?'

문득 그런 생각을 떠올리다가 고개를 세차게 저었다.

"그게 나와 무슨 상관이야. 내가 신경 쓸 일이 아니잖아!"

창이는 스스로를 나무라듯 중얼거렸다. 그런데 걸음은 왜 이리 떨어지지 않는 것인지. 창이는 왔던 길로 몇 발짝 걸어가다가도 우뚝 멈춰 서 머뭇거렸고, 결국은 제자리로 돌아오길 반복했다. 가슴 언저리를 맴도는 미련이 가뜩이나 무거운 발걸음을 자꾸만 붙잡았다. 그 때문에 창이는 어머니를 닮은 사람이 사라진 빈 골목을 오랫동안 서성거렸다.

친선 경기

수업을 마치는 종이 울렸다. 선생님이 손에 묻은 분필 가루를 탈탈 털면서 교실 밖으로 나갔다. 중구와 달호가 기다렸다는 듯이 창이 곁으로 쪼르르 달려왔다.

"수업 시간에 왜 이리 졸아? 이마가 붉어."

달호가 낄낄거리며 이마를 가리켰다. 꾸벅꾸벅 졸다가 선생님이 던진 분필에 이마를 맞았는데, 그 자리에 자국이 생긴 모양이었다.

"그러는 너도 떠들다가 혼났……."

창이는 달호에게 한마디 대꾸하려다가 하품이 나오는 바람에 말문이 막히고 말았다.

"요새 너무 무리하는 거 아냐? 오늘 훈련은 쉬는 게 어때? 감독님한테는 내가 말씀드릴게."

중구가 걱정스러운 표정으로 말했다.

"쉬긴. 대항전이 며칠 남지도 않았는데. 이 정도는 끄떡없어."

말은 그렇게 했지만, 사실 쓰러질 것 같았던 적이 한두 번이 아니었다. 감독님의 훈련은 아주 혹독했다. 선수들은 감독님의 지시에 따라 나무판자로 만든 과녁을 향해 수백 번 공을 던져야 하는 건 기본이고, 요리조리 던진 공을 잡기 위해 온몸을 날리느라 팔다리에 멍이 사라질 날이 없었다. 체력 단련을 위해 발목에 모래주머니를 차고 산이나 들로 구보도 해야 했다. 그렇게 훈련하고 나서 청월루로 돌아가 일까지 마치면, 다음 날 수업 시간에는 졸음이 쏟아졌다. 하지만 대항전이 얼마나 힘들게 잡은 기회인지 생각하면 몸을 일으킬 수밖에 없었다.

칠성고보에 야구부가 만들어진 것은 4년 전이었다. 그러나 지금까지 대항전은커녕 친선 경기조차 해 본 적이 없었다. 야구부를 맡아 줄 감독님이 없었기 때문이다. 당장 먹고살기도 힘든데 공이나 던지며 논다고 눈총받는 분위기 속에서 조선인 야구부를 맡겠다고 나서는 이가 아무도 없던 터였다.

그러던 중 4월 새 학기가 시작된 무렵이었다. 경성에서 선생님 한 분이 새로 오셨다. 다부진 체격의 남자 선생님이었는데,

칠성에 부임하자마자 선뜻 감독 자리를 맡아 주셨다. 알고 보니 경성에 있을 때 청년구락부라는 야구팀에서 투수였다고 했다. 청년구락부는 경성의 실업 야구팀으로 전 조선 야구 대회에서 8강전까지 올라갈 정도로 실력이 좋았다.

"드디어 우리에게 대항전 우승이라는 목표가 생겼다. 칠성의 실력을 제대로 보여 주자!"

"네! 본때를 보여 주겠습니다!"

감독님은 대항전 참가 신청서를 내고 온 날, 선수들 앞에서 크게 외쳤고, 선수들도 훈련장이 떠나가라 답했다. 그날 밤 창이는 비로소 야구 선수가 된 것 같은 기분에 오랫동안 잠을 이루지 못했다.

창이는 중구, 달호와 함께 솔밭 훈련장으로 향했다. 수업 시간에는 저절로 감기던 눈이 훈련할 생각을 하니 언제 그랬냐는 듯 말똥말똥해졌다.

훈련장에 도착한 선수들은 각자 개인 훈련을 시작했다. 창이는 새끼줄로 만든 공을 챙겨서 한쪽 구석으로 이동했다. 그러고는 힘껏 공을 던졌다. 순간 손목이 앞으로 꺾였다. 창이의 손에서 벗어난 공은 맞은편의 누덕누덕한 그물을 향해 날아가다가 왼쪽으로 한참을 휘었다.

"손가락을 튕기듯이 던지라고 몇 번이나 말했을 텐데."

어느새 감독님이 다가와 불쑥 한마디를 던졌다. 창이는 요즘 감독님에게 변화구 던지는 법을 배우고 있었다. 지금까지는 창이에게 공을 던지는 방법을 제대로 알려 주는 사람이 없었다. 그러나 감독님은 변화구를 해 보고 싶다는 창이의 말에 공을 잡는 손 모양부터 공을 던질 때 힘을 끌어내는 방법까지 세심하게 가르쳐 주셨다.

"다시 던져 봐."

감독님의 주문에 창이는 세 손가락으로 공을 쥐고 온 신경을 손끝에 집중했다. 머릿속으로는 알려 준 방법들을 하나씩 되짚었다. 팔꿈치를 먼저 내밀고, 팔을 쭉 뻗으면서 손가락으로 공을 훑듯이 던졌다. 창이의 손에서 벗어난 공은 그물을 향해 포물선을 그리며 날아갔다. 곧 그물이 거세게 출렁거렸다. 가죽으로 만든 진짜 야구공으로 던졌다면, 분명 상신의 투수가 요시다에게 던진 것과 똑같은 변화구가 나왔을 것 같기도 했다.

"그렇지! 훨씬 낫군."

감독님이 흡족한 미소를 지었다.

"그럼 진짜 공으로 던져 봐도 됩니까?"

창이의 질문에 감독님이 살짝 고개를 끄덕였다.

공을 모아 둔 바구니 앞으로 달려갔다. 그런데 바구니를 뒤적거리다 보니 절로 한숨이 나왔다. 대부분의 공이 가죽이나 실밥이 터져서 너덜너덜했다. 이렇게 낡고 해진 공으로는 투구 연습이 제대로 될 리가 없었다. 작은 흠집으로도 공의 회전이나 속도 등이 달라질 수 있기 때문이다. 창이는 심하게 터진 공들을 작은 바구니에 따로 담아 두었다. 공을 새로 살 여유가 없으니 꿰매서 쓸 요량이었다.

그나마 쓸 만한 공들을 골라서 자리로 돌아가 투구 연습을 다시 이어 갔다. 같은 동작을 반복하며 공을 던졌다. 새끼줄로 뭉친 공을 던지다가 가죽으로 만든 공으로 하려니 익숙하지 않았지만, 던지면 던질수록 공이 떨어지는 각도가 조금씩 커지고 있었다.

이만하면 적응이 됐다 싶은 즈음, 창이는 다시 한번 진지한 표정으로 자세를 잡았다. 그 순간 한 사람이 창이의 머릿속에 떠올랐다. 다름 아닌 요시다였다. 창이는 여전히 어머니를 닮은 히토미 부인의 얼굴이 종종 생각났고, 그럴 때마다 마치 요시다가 어머니를 빼앗아 간 듯한 혼란스러운 감정에 휩싸였다. 그럴 리 없다는 걸 알면서도 마음이 자꾸 흔들리는 걸 어찌할 수 없었다.

결국 스스로를 다잡으며 어머니에 대한 그리움을 밀어낼 수 밖에 없었다. 그러나 그럴수록 그 빈자리는 요시다를 이기고 싶은 마음으로 채워져 갔다.

창이는 상상 속의 요시다를 향해 힘껏 공을 던졌다. 공이 빠른 속도로 쭉 뻗으며 날아가다가 어느 지점에 닿기 직전, 아래쪽으로 뚝 떨어졌다.

"좋았어!"

창이는 주먹을 불끈 쥐었다. 아마 진짜 요시다가 있었다면 분명 허공에 대고 빈 방망이를 휘둘렀을 거였다.

"우와!"

언제부터 봤는지 달호가 감탄을 내뱉으며 손뼉을 쳤다.

"커브가 마치 폭포수처럼 뚝 떨어지는데?"

중구도 옆에서 한마디 거들었다.

"그래. 진짜 폭포수 같았어. 어떤 홈런 타자가 와도 이 공은 못 칠 것 같은데?"

달호가 너스레를 떨었다.

"괜찮았냐?"

창이의 멋쩍은 질문에 중구와 달호는 짠 듯이 고개를 끄덕거렸다.

"자, 모여 봐!"

창이의 등 뒤에서 감독님이 선수들을 부르는 소리가 들렸다. 선수들은 감독님 앞으로 금세 모여들었다.

"오늘은 아주 중요한 날이다."

감독님의 목소리가 쩌렁쩌렁했다. 잠시 말을 멈추고 주위를 둘러보았다. 그러고는 한동안 입을 열지 않았다.

"무슨 말을 하려고 저렇게 뜸을 들이냐?"

달호가 창이의 귀에 대고 속닥거렸다. 창이는 어깨를 으쓱했다. 감독님이 씩 웃으며 다시 말을 이었다.

"잠시 후에 친선 경기가 있을 거다. 상대는 경성에 있는 경문고보다."

친선 경기라고? 창이는 깜짝 놀랐다. 다른 선수들도 놀라긴 마찬가지여서 저마다 웅성거렸다. 친선 경기는 실전 훈련이나 다름없었다. 지금 실력이 어느 정도인지, 어떤 점이 부족한지 파악할 수 있었다. 무엇보다 선수들끼리 손발을 맞추기 위해서라도 꼭 필요한 훈련 과정이었다. 그러나 산해에서 칠성과 친선 경기를 하려는 야구부는 어느 곳도 없었다. 일본인 선수들은 조선인 선수들과 한 경기장에 서는 것조차 꺼리기 때문이었다.

"경문고보? 작년에 전 조선 야구 대회에서 준결승에 올랐던 팀이잖아. 기억나지?"

중구의 물음에 창이가 고개를 끄덕였다. 전국 대회에서 조선인 야구부가 좋은 성적을 낸 것이 얼마 만이었는데, 창이가 그걸 기억 못 할 리가 없었다.

"감독님, 경문고보를 어떻게 데려오셨습니까?"

주장이 감독님에게 질문을 던졌다. 감독님은 기다렸다는 듯이 헛기침하더니 입을 열었다.

"사실 경문고보의 박 감독이 청년구락부 출신이다. 그땐 내가 더 잘나갔었는데 말이야. 하하하. 아무튼 그래서 부탁 좀 했다."

감독님이 갑자기 목소리를 깔고 한마디 덧붙였다.

"친선 경기라고 대충 뛰면 안 된다. 오늘 이기고 지는 건 중요하지 않다. 중요한 건 너희 실력을 최대치로 끌어올려서, 그걸 실제 경기에서 그대로 보여 주는 거다. 그러니까 오늘 전력을 다해 뛰어라. 알겠나?"

"네! 알겠습니다!"

다들 우렁차게 대답했다. 드디어 지금까지 해 온 훈련의 결과를 확인해 볼 수 있는 시간이었다. 창이는 자신 있었다. 마음속에 기대감이 차오르면서, 물 만난 물고기처럼 심장이 팔딱팔딱 뛰었다.

얼마 지나지 않아 경문고보의 선수들이 훈련장에 도착했다. 아홉 명을 겨우 채운 칠성과 달리 경문 선수들은 족히 스무 명은 되어 보였다. 경문 감독님도 선수들 뒤를 따라 들어왔다.

"단단히 각오하는 게 좋을 거야. 멀리서 왔다고 절대 봐주진 않을 테니까."

"허허. 누가 할 소리!"

감독님이 눈을 찡긋하며 장난스럽게 인사를 건네자, 경문 감독님도 짓궂게 웃으며 맞받아쳤다.

곧 양 팀 선수들은 서로를 마주 보고 섰다. 짧은 시간 동안 상대를 탐색하는 눈빛들이 오갔다. 경문 선수들은 다들 여유만만해 보였다. 오히려 이 상황을 즐기는 것 같기도 했다. 서로 간단한 악수로 인사를 나눈 뒤, 경기가 시작되었다.

1회 초. 칠성이 먼저 공격했다. 그런데 어찌 된 영문인지 타석에 들어선 타자마다 공 한 번 제대로 치지 못한 채 줄줄이 아웃당했다. 수비도 생각만큼 잘 풀리지 않았다. 창이가 던진 공은 잇따라 경문 타자들의 방망이에 잘도 맞았다. 그중에 3루 방향으로 날아간 공은 유격수인 강태 형이나 좌익수인 병만이가 잡아서 충분히 아웃으로 처리할 만했지만, 두 사람의 손발이 맞지 않았다. 날아오는 공을 두고 주춤주춤하더니, 결국 두 사람의 가운데로 공이 뚝 떨어지고 말았다. 그사이에 경문의 3루 주자가 홈으로 달려가 1점을 먼저 얻었다.

창이는 너무 이른 실점에 마음이 초조했다. 그래서일까? 빠른 직구를 생각하며 팔을 휘둘렀는데 공이 손에서 미끄러지고 말았다. 느린 속도로 날아간 공은 상대 타자의 방망이에 맞고, 1루와 2루 사이로 뻗어 나갔다. 2루 주자가 이때다 싶어 3루를 향해 전력으로 질주했다. 다행히도 공은 멀리 나아가지 못하고, 우익수 근처에 떨어졌다. 우익수인 호석이 형이 냉큼 공을 잡은 뒤 고개를 두리번거렸다. 1루와 3루 중 어느 쪽으로 던질지 잠시 고민하다가 3루 쪽으로 힘껏 팔을 움직였다. 그러나 공은 목적지까지 닿지 못하고 투수 자리 근처에 떨어져서 데굴데굴 굴렀다. 창이가 얼른 뛰어가 공을 주워서 다시 3루로 던지려던 찰나, 3루에 있어야 할 길영이가 보이지 않았다. 길영이도 땅볼로 떨어진 공을 줍기 위해 이쪽으로 달려왔다가, 창이가 먼저 잡은 걸 보고 되돌아가고 있었던 거다. 게다가 강태 형이 비어 있는 3루에 들어서다 길영이와 부딪혀서 둘 다 나자빠지고 말았다.

난장판이 따로 없었다. 그 틈에 2루 주자가 3루를 차지했고, 창이는 넋 놓고 그 장면을 바라볼 수밖에 없었다.

그 후 칠성은 1회에만 2점을 내줬다. 그나마 칠성의 공격 순서가 됐을 때, 주장과 중구가 안타를 쳐서 체면을 지키긴 했지만, 그마저도 점수로 이어지진 못했다. 3회가 끝날 때까지 칠성은 4 대 0으로 경문에 끌려다녔다. 창이는 상대 선수에게 안타를 맞을 때마다 심장이 내려앉았다. 그럴수록 자신감이 급격히 떨어졌고, 구속과 제구도 평소 실력에 미치지 못했다. 4회에서 세 명의 타자에게 연이어 볼넷을 던져서 밀어내기로 추가 실점했을 때는 감독님과 선수들 보기가 민망했다. 그러다 5회에 접어들었다. 타석에는 경문의 4번 타자가 창이의 공을 기다리고 있었다. 창이는 숨을 한 번 크게 들이쉬었다. 그런 후 공을 던졌다. 일부러 좀 낮게 던졌는데, 이번에도 타자 방망이에 제대로 맞고 말았다.

딱!

타자가 방망이를 아래에서 위로 올려 친 공은 저 멀리 날아갔다.

"망했다!"

창이는 인상을 찌푸렸다. 울고 싶은 심정이었다. 그때였다. 누군가 공을 쫓아 전력으로 내달렸다. 좌익수 병만이었다. 공이 바닥에 떨어지려는 찰나에 병만이가 앞쪽으로 날아가듯 펄쩍 뛰었다. 그리고 공을 낚아챘다. 공이 글러브 안으로 쏙 들어오면서 원 아웃!

병만이는 공을 잡으며 바닥을 뒹굴었다. 그러나 아픈 기색도 없이 벌떡 일어나더니 3루수 강태 형을 향해 힘껏 공을 던졌다. 상대 팀의 3루 주자가 홈을 향해 내달리는 모습을 본 것이다. 이어서 강태 형이 공을 받은 즉시 홈에서 기다리고 있는 중구에게 던졌고, 거의 동시에 3루 주자가 홈 베이스를 향해 몸을 날렸다. 창이는 그 광경을 숨도 못 쉬고 지켜보았다.

"아웃!"

심판이 외쳤다.

"병살이다!"

창이가 환호했다. 이때부터 칠성 수비수들의 손발이 맞기 시작했다. 적응이 끝난 것이다. 이제 칠성은 완전히 다른 팀이 되었다. 창이가 던진 공이 안타를 맞아도, 수비가 탄탄하게 막아주어 더 이상 실점으로 이어지지 않았다. 그러자 창이도 자신감 있게 공을 던졌다. 안타를 맞는 횟수도 줄었다.

6회에 접어들면서 타자들의 타격도 살아났다. 달호가 볼넷으로 출루하고 도루까지 성공하면서 분위기를 끌어올리더니, 강태 형과 주장의 연속 안타로 만루 상황이 만들어졌다. 이때 중구가 2타점 적시타를 때린 덕분에 5점 차에서 3점 차로 따라붙었다. 경문은 당황했고, 흔들리기 시작했다. 7회 초에는 창이가 1루와 2루 사이로 땅볼을 쳤다. 2루수가 곧바로 잡았기에 창이는 당연히 아웃이라고 생각했다. 그러나 이게 웬일? 경문의 실력자라던 2루수가 악송구하는 바람에 공이 엉뚱한 곳으로 날아가 버리고 말았다. 1루까지 죽어라 뛰던 창이는 내친김에 2루까지 내달렸고, 3루에 있던 호석이 형은 홈으로 들어와 1점을 추가했다.

8회는 양 팀 모두 악을 쓰며 던졌고, 기를 쓰며 막았다. 그렇게 서로 추가 득점 없이 보낸 후, 9회 초 칠성의 마지막 공격이었다. 아웃은 2개에 주자는 1루와 3루에서 뛸 준비를 하고 있었다. 칠성이 벼랑 끝에 서 있긴 했지만, 그렇다고 희망이 없는 건 아니었다.

강태 형이 타석에 들어섰다.

"제발, 제발."

창이는 기도하듯 중얼거렸다. 손바닥은 이미 땀으로 축축해졌다. 창이의 간절함이 통한 걸까. 강태 형이 1타점 적시타를 터뜨리더니, 뒤이어 주장이 장타를 날려 기어이 동점을 만들어 냈다. 창이는 홈을 밟고 들어오는 달호를 얼싸안으며 기쁨을 만끽했다.

9회 말. 창이는 투수판에 올라섰다.

'마지막이야. 여기서 잘 버티자. 절대 지지 말자.'

창이는 마음을 다잡고, 차분하게 경기를 풀어 나갔다. 첫 타자에게 안타를 맞았지만, 견제구로 도루를 시도하는 주자를 잡았고, 두 번째 타자도 땅볼을 유인해 아웃 하나를 늘렸다.

9회 말 투 아웃. 세 번째 타자와 네 번째 타자를 안타로 내보내며 위기가 찾아왔다. 그러나 좌익수 병만이의 몸을 날린 호수비 끝에 아웃 3개를 모두 채우면서 마침내 경기가 끝났다. 6 대 6 동점이었다. 비록 이기진 못했지만, 칠성은 회차를 거듭할수록 강한 팀이 되었다. 경기 후반부에 들어서서는 칠성의 모든 선수가 각자의 자리에서 빈틈없는 기량을 드러냈다.

"실전에서도 이대로만 하면 문제없어!"

창이는 자신감이 차올랐다. 그 어느 때보다 대항전이 간절하게 기다려졌다. 조선인이라고 무시했던 사람들에게 우리의 실력을 보여 줄 그날을!

오르지 못할 나무

사흘이 쏜살같이 지나갔다. 창이는 떨리는 마음을 안고, 경기장으로 걸어갔다. 발걸음 소리보다 심장 뛰는 소리가 더 크게 들렸다. 조금 있으면 드디어 대항전 첫 경기가 시작된다. 상대는 상신. 광일과 치른 친선 경기에서 아슬아슬하게 졌던 그 팀이다. 상신은 이틀 전에 용산과 첫 경기를 치렀다. 그때 창이는 경기를 지켜보며 상신의 타자들을 유심히 살폈다. 선수마다 어떤 공에 강하고 어떤 공을 어려워하는지, 타격 실력은 어느 정도인지, 약점은 무엇인지 등을 꼼꼼하게 분석했다. 그런 후 이틀 밤을 꼴딱 새워서 공 배합을 짰다. 각 타자에게 어떤 공을 던지면 좋을지 궁리하다 보면 어느새 새벽빛이 밝아 왔고, 그제야 부족한 잠을 억지로 청했다. 그래도 창이는 힘들기보다 대항전 우승이라는 목표에 조금씩 가까워지고 있다는 생각에 마음이 부풀어 올랐다.

철길 건널목을 건널 때쯤이었다.

"어이, 조센진. 어디 가냐?"

창이의 귀에 익숙한 목소리가 날카롭게 꽂혔다. 사토였다. 그 녀석이 묘한 웃음을 지으며 다가왔다.

"네가 알아서 뭐 하게? 신경 꺼."

창이는 사토를 보자마자 짜증이 치밀었다. 길게 상대하고 싶지 않아서 대충 대꾸하고 가려는데, 그 녀석이 한마디 덧붙였다.

"설마 경기하러 가냐?"

사토는 창이가 유니폼 입은 모습을 위아래로 훑어보며 빈정거렸다. 창이는 순간 주먹에 힘이 들어갔다.

"우리 다음 상대가 아마 너희 팀이던가? 각오 단단히 해라. 실력으로 짓밟아 줄 거거든."

창이는 한껏 목을 빳빳하게 치켜들고 말했다.

"다음 상대? 아하하. 너 아직 소식 못 들었구나?"

사토가 배를 잡고 웃는 시늉을 했다.

"소식이라니? 무슨 소식?"

창이는 무언가 싸한 느낌이 들어서 대답을 재촉했다.

"조선에 이런 말이 있다며? 오르지 못할 나무는 쳐다보지도 말라고. 너처럼 주제도 모르고 까부는 조센진한테 하는 말이니까 잘 새겨들어."

"알아듣게 말해! 그게 대체 무슨 소리야?"

"흥분할 거 없어. 곧 알게 될 거니까."

사토가 재밌어 죽겠다는 표정으로 말을 내뱉고는 쌩하니 뒤돌아 가 버렸다.

"너, 이 자식……."

창이는 사토를 쫓아가 따지려다가 그만두었다. 중요한 경기를 앞두고 쓸데없는 일에 힘을 빼고 싶지 않았다. 하지만 기분은 영 찝찝했다. 창이는 사토의 말을 신경 쓰지 않으려 마음을 다잡고 경기장 쪽으로 발걸음을 재촉했다.

건널목을 지나 비탈을 오르다 보니 어느새 눈앞에 경기장이 나타났다. 경기장은 뒷산 분지에 자리 잡은 공설 운동장이었다. 분지의 아래쪽이 넓고 평평한 데다가 주위를 둘러싼 완만한 산비탈이 경기를 관람하기에 좋았다. 야구, 축구, 달리기 등 산해 지역의 웬만한 운동 경기는 주로 이곳에서 열렸다.

칠성 쪽의 관중석을 훑어보니 창이가 아는 얼굴들이 꽤 눈에 띄었다. 대부분 선수의 가족들이었다. 창이는 문득 돌아가신 할머니가 떠올랐다. 할머니가 살아 계셨다면 저 자리에서 날 응원해 주지 않으셨을까? 라는 생각이 미치자, 가슴이 저릿했다. 그리움이 밀려왔지만, 애써 감정을 삼켰다. 대신 청월루에서 같이 일하는 사람들이 몇몇 와 주었다. 하지만 난영이의 모습은 보이지 않았다.

'도난영! 진짜 안 온 거야?'

창이는 내심 서운한 마음이 들었다. 언제부터인지 창이를 대하는 난영이의 태도가 예전 같지 않았다. 어쩌다 마주치면 피하기 바빴고, 창이가 먼저 찾아가도 이런저런 핑계로 금세 자리를 떴다. 건강이 좋지 않은 어머니 대신 난영이가 청월루에서 빨래 일을 한 지도 벌써 3년이 지났다. 그동안 매일 얼굴을 대하며 가깝게 지냈는데, 어떻게 하루아침에 이렇게 냉랭해질 수 있는지 이해할 수 없었다. 그래도 오늘처럼 중요한 날에는 응원을 오지 않을까 조금은 기대했는데…….

그러다가 이내 고개를 저었다.

'이런 생각할 때가 아니야. 지금은 경기에 집중하자.'

창이는 눈에 힘을 주었다. 오늘을 위해 이를 악물고 훈련했다. 그리고 하루가 다르게 실력이 좋아지는 걸 느꼈다. 이길 자신도 있었다. 며칠 전 경문과의 친선 경기는 그런 자신감에 더욱 불을 붙였다.

그런데 그때였다.

"감독님, 상신이 아직 안 왔는데요."

문득 뒤편에서 주장이 감독님을 부르는 소리가 들려왔다. 주장의 목소리가 불안에 젖어 있었다. 창이는 상신의 선수 대기석 쪽으로 고개를 돌렸다. 이상하게도 그곳은 텅텅 비어 있었다.

'시간이 다 돼 가는데 왜 아무도 안 왔지?'

창이는 고개를 갸우뚱했다. 그러고 보니 경기를 준비하는 사람이나 심판도 보이지 않고, 상신 쪽의 관중석에도 사람이 거의 없었다.

'사토 그 녀석이 곧 알게 될 거라던 소식이 설마…….'

창이는 순식간에 불길한 예감에 사로잡혔다. 그 순간부터 사토가 내뱉었던 말들이 창이의 머릿속을 휘저으며 떠돌아다녔고, 심장이 제멋대로 쿵쾅거렸다.

'아니야. 그럴 리가 없어. 오다가 무슨 일이 생겼을 수도 있잖아. 늦어도 반드시 올 거야.'

창이는 가만히 있지 못하고 주위를 서성거렸다. 그러면서 경기장 입구 쪽으로 시선을 떼지 못했다. 그러나 시간은 속절없이 흘렀고, 경기 시간이 훌쩍 지나도록 상신 선수들은 나타나지 않았다. 관중들이 웅성거리는 소리가 점점 커졌다. 선수들 사이에서는 한숨 소리가 연달아 새어 나왔다.

"제기랄! 이 새끼들 분명히 일부러 안 오는 거야."

강태 형이 글러브를 바닥에 집어 던지며 소리쳤다.

"새끼들 질까 봐 겁먹은 게 분명해!"

호석이 형도 버럭 소리를 질렀다.

"겁은 무슨. 그것들이 우릴 겁낼 거 같아? 그냥 깔보고 짓밟은 거야! 어차피 찍소리도 못 하는 조센진이니까!"

강태 형의 얼굴이 터질 것처럼 시뻘겋게 달아올랐다. 뒤이어 다른 선수들도 분통을 터트렸고, 선수 대기석이 욕설로 가득 찼다. 진정하라는 감독님의 말도 통하지 않았다.

'말도 안 돼. 이럴 순 없어. 오늘을 얼마나 기다렸는데…….'

창이는 주먹이 부들부들 떨렸다. 분해서 눈물이 터질 것 같았다. 강태 형의 말대로 상신은 일부러 나타나지 않은 게 분명했다. 일본인이 즐기는 자리에 조선인이 분수도 모르고 끼어들어 재를 뿌린다고 생각했을 테니, 조센진과 일본인이 다르다는 걸 이런 식으로 보여 준 거다. 창이는 자리에서 벌떡 일어나 선수 대기석을 박차고 달려 나갔다. 그러자마자 누군가 뒤에서 창이의 팔을 세게 잡아끌었다.

"어디 가려고?"

중구였다. 중구는 크고 두꺼운 손으로 창이의 팔을 아플 정도로 꽉 움켜잡았다.

"상신에 갈 거야."

창이는 씩씩거리며 대꾸했다.

"거기는 왜?"

"그럼, 이 꼴을 당하고도 가만있으라고?"

창이는 붙잡힌 팔을 빼내려 버둥거렸다.

"가서 네가 뭘 어쩌려고? 일단 진정해!"

"어떻게 진정하란 말이야? 난 그렇게는……."

"내가 다녀오마."

감독님이 선수들 쪽으로 다가왔다.

"어떻게 된 일인지 알아보마. 주장은 애들 데리고 훈련장에 가서 기다리고 있어라."

감독님은 말을 끝내자마자 선수 대기석을 빠져나갔다.

"다들 이러고 있지 말고 일어나. 훈련장에 가서 감독님 기다리자. 어서."

주장이 축 처져 있는 선수들의 등을 떠밀며 재촉했다. 몇몇 선수들이 터덜터덜 걸음을 옮겼다. 창이도 할 수 없이 무거운 발걸음을 억지로 떼어 걸었다.

훈련장에 들어서자 분위기는 더욱 침울해졌다. 며칠 전까지의 활기찬 분위기는 온데간데없었다. 말 많은 달호마저 입을 꾹 다물고 나무 아래에 힘없이 기대앉아 있었다. 창이도 땅바닥에 주저앉은 채 발끝만 쳐다보며 멍하니 감독님을 기다렸다. 그러다가 문득 설움이 북받쳤다. '그저 경기장에 서서 실력을 겨뤄 보고 싶었을 뿐인데. 그게 그렇게 큰 욕심이었던 걸까?'

"하아!"

창이는 깊은 한숨을 내쉬었다. 입에서 뜨거운 김이 나오는 것 같았다. 감정이 때때로 울컥 올라왔다. 마음이 잘 다스려지지 않아 자리에서 벌떡 일어났다가 바닥에 털썩 앉기를 반복했다. 자기 스스로가 언제 터질지 모르는 폭탄처럼 느껴졌다.

어느덧 해가 서쪽으로 기울더니 하늘에 붉은 노을이 짙게 깔리고 있었다.

"어? 감독님이다!"

누군가 외쳤다. 감독님이 훈련장 입구 쪽에서 어깨를 축 늘어

뜨린 채 터벅터벅 걸어오고 있었다. 창이가 자리에서 벌떡 일어나 선수들과 함께 감독님 쪽으로 달려갔다. 감독님은 한동안 말을 꺼내지 못하고 머뭇거렸다.

'일이 잘 풀리지 않았구나…….'

창이는 감독님의 표정을 보니 대강 짐작이 갔다.

"하아. 우리를 제외하고 나머지 중학교 야구부들이 모여서 칠성과 경기하지 않기로 담합했다는구나."

감독님이 한숨을 쉬며 말문을 열더니, 절망적인 소식을 전했다.

"담합을 했다고요? 왜 그렇게까지?"

창이의 목소리가 파르르 떨렸다. 다른 학교의 일본인 선수들이 조선인 선수들과 함께 경기하는 걸 못마땅해한다는 건 잘 알고 있었다. 그렇다고 산해의 모든 야구부가 담합까지 할 줄은 몰랐다.

"왜는 무슨 왜야? 이번에 확실히 본때를 보여 주려는 거지. 다시는 기어오를 생각 하지 말라고 단단히 경고하는 거라고!"

강태 형이 울분을 참지 못하고 소리쳤다.

"미안하다. 학교 교장이나 감독들도 만나 보고, 체육회도 찾아가 봤지만, 소용이 없었다."

감독님이 먼 산으로 시선을 돌렸다.

“이틀 후에 있을 광일 경기에도 못 나가는 겁니까?”

주장이 확인 사살이라도 하듯 물었다. 감독님이 대답 대신 고개를 끄덕였다.

‘사토 이 자식, 오르지 못할 나무는 쳐다보지도 말라던 말이 바로 이거였어? 그딴 소리 집어치워! 왜 쳐다보면 안 되는데? 쳐다보든 올라가든 내가 원하는 대로 할 거야.’

창이는 고개를 세차게 저었다. 호흡이 점점 거칠어졌다. 그동안 열심히 준비했던 시간과 노력이 물거품이 되게 둘 순 없었다. 그 순간 마음속에서 폭탄 하나가 펑, 하고 터진 듯한 느낌이 들었다. 그러자마자 몸이 용수철처럼 앞으로 튀어 나갔다. 창이의 의지와는 상관없이 저절로 움직이는 것 같았다.

뒤에서 선수들이 창이를 불러 세웠다. 그러나 창이는 멈추지 않았다. 오히려 뛸 수 있는 한 최대한 빠른 속도로 자신을 붙잡으려는 소리로부터 달아났다.

자존심

창이는 정신없이 달리는 동안 몇 번이나 균형을 잃고 넘어질 뻔했다. 그때마다 고무신이 자꾸 벗겨지자 아예 양손에 들고 뛰었다. 마주 달려오는 인력거에 부딪힐 뻔하기도 했다. 그렇게 서둘러 달려간 곳은 바로 요시다네 집이었다.

며칠 전의 일이었다. 창이는 청월루에서 음식을 들고 손님방에 들어갔다가 뜻밖의 인물을 보았다. 요시다의 아버지와 광일중학교의 감독님이었다. 창이는 흠칫 놀라며 주춤거렸지만, 두 사람은 음식을 나르는 보이 따위는 신경 쓰지 않았다. 당시 창이는 요시다의 아버지가 감독님에게 무언가를 부탁하는 자리인 줄 알았다. 가령 요시다를 잘 봐 달라거나, 야구 선수로 잘 키워 달라거나. 그런데 음식을 놓으면서 슬쩍 느낀 분위기로는 오히려 그 반대였다. 광일 감독님이 연신 요시다의 칭찬을 늘어놓으며 요시다의 아버지에게 잘 보이려 애를 썼다. 거기다 푸른색 보자기로 고급스럽게 포장한 선물까지 내밀며 굽신거렸다. 창이는 그 모습을 보면서 광일 감독님이 요시다의 말에는 꼼짝도 못 한다는 소문이 사실이구나 싶었다. 그래서 요시다에게 부탁할 참이었다. 감독님과 선수들을 설득해서 다음 경기에 꼭 나와 달라고. 누가 들으면 말도 안 되는 생각이라고 비웃을지도 모른다. 그러나 창이는 이것저것 따질 새가 없었다. 지푸라기라도 잡고 싶은 심정이었다.

얼마쯤 달렸을까. 익숙한 골목이 나왔다. 저 앞에 높은 담장으로 둘러싸인 요시다네 집이 보였다. 창이는 헐떡거리는 숨을 고르며 문 앞까지 다가갔다. 막상 여기까지 와 보니 요시다를 어떻게 불러내야 할지 고민스러웠다. 초인종을 눌렀다가 히토미 부인이라도 나오면 또 얼어붙고 말 텐데. 그렇다고 하염없이 기다릴 수도 없는 노릇이었다.

이러지도 저러지도 못하고 있던 그때였다. 마침 누군가 대문을 열고 나왔다. 창이 또래의 일본 소녀였다. 무늬가 없는 수수한 기모노 차림에 나막신을 신은 소녀는 요시다네 집에서 일하는 아이로 보였다. 창이는 잘됐다 싶어 소녀에게 대뜸 다가갔다.

"혹시 안에 요시다 있어?"

"그러는 넌 누군데?"

소녀가 당돌한 눈빛으로 창이를 쳐다보며 되물었다. 그제야 창이는 아차 싶었다. 자신을 누구라고 해야 할까? 친구? 허름한 차림새의 조선인 친구라니. 당연히 믿지 않을 거다. 창이는 급히 둘러댈 말을 찾았다. 그런데 소녀가 창이를 위아래로 훑어보더니 뭔가 알아챘다는 듯이 입을 열었다.

"너도 야구 선수구나? 요시다처럼."

소녀가 창이의 유니폼을 보고 꺼낸 말인 듯했다. 창이는 얼떨결에 고개를 끄덕였다. 소녀가 다시 입을 열었다.

"요시다 곧 올 거야. 난 심부름 가던 중이라."

소녀는 총총걸음으로 골목을 빠져나갔다.

'너도 야구 선수구나. 요시다처럼.'

창이는 소녀가 무심코 던진 말을 곱씹어 생각했다. 야구 선수라는 말이 괜스레 어색하게 느껴졌다. 누군가에게는 그냥 주어지는 것이 창이에게는 애쓰고 노력해야 겨우 근처에 다다를 수 있는 것이었다.

요시다는 날이 완전히 저물고 나서야 나타났다. 훈련을 마치고 돌아오는 길인지 머리부터 발끝까지 흙투성이였다.

"요시다!"

창이는 숨을 한 번 깊게 들이마시고는 크게 외쳤다. 요시다가 대문을 열고 들어가려다 말고 창이를 돌아보았다. 창이는 요시다 앞으로 저벅저벅 걸어갔다.

"나는 칠성고보의 봉창이라고 한다."

"그런데?"

요시다의 대답은 짧았다.

"이틀 후면 우리 시합이지?"

"그러냐?"

요시다는 별 관심 없다는 반응이었다.

"너희도 안 나올 거냐? 다른 놈들처럼?"

요시다의 태도에 기분이 나빠진 창이는 자기도 모르게 말이 삐딱하게 나갔다.

"그런 일에 시간 낭비 할 수 없다."

"뭐? 시간 낭비?"

창이의 목소리가 불쑥 커졌다. 한 경기 한 경기가 쉽게 가질

수 없는 기회였다. 그런데 누군가에게는 그저 시간 낭비라니. 속이 부글거렸지만 애써 목소리를 가다듬었다.

"그게 왜 시간 낭비야? 실력으로 승부를 보라며?"

창이가 던진 말에 요시다가 고개를 갸웃거렸다. 창이는 마음속에 꼭꼭 품고 있던 말이었지만, 요시다는 기억조차 나지 않는 모양이었다.

"솔밭 공터에서 네가 사토에게 했던 말이잖아."

"아, 그 일을 두고 이러는 거야? 그건 주먹질로 해결할 생각은 하지 말라는 뜻이었어. 그것만큼 한심한 짓도 없거든. 조선인 야구부 따위를 염두에 두고 한 소리는 아니었는데?"

"난 조선인, 일본인 따지지 말고 정정당당하게 승부를 겨루자는 의미로 들었어."

창이의 말에 요시다가 헛웃음을 쳤다.

"승부를 겨루더라도 상대를 봐 가면서 하는 거다. 일본인과 조선인이 서로의 상대가 될 수 있다고 생각해?"

"뭐라고?"

창이는 어안이 벙벙했다. 그동안 요시다에 대해 큰 착각을 했구나 싶었다. 배신감마저 들었다. 요시다도 다른 녀석들과 다를 바가 없었다. 그러나 창이는 분한 마음을 삭이고, 다시 입을 열었다.

"우리 시합 날에 경기장에 나와. 상대가 될지 안 될지 한번 붙어 보자. 부탁이다."

자존심을 내려놓고 어렵게 꺼낸 말이었다.

"그렇게 하는 게 우리에게 무슨 이득이지?"

그러나 요시다의 입에서는 뜻밖의 말이 튀어나왔다.

"뭐? 이득? 장사꾼 아들 아니랄까 봐 이득 타령이냐? 넌 얻을 게 있어야 야구하는 거야? 그게 바로 네가 하는 야구인가 보지?"

창이는 요시다의 말에 실망을 넘어 분노가 치밀어 올랐다. 야구를 두고 이득을 따지는 요시다의 모습에, 고작 저런 녀석에게 기대를 걸었던 자신이 한심하게 느껴졌다. 결국 참지 못하고 요시다에게 덤비듯 외쳤다.

"닥쳐. 네가 뭘 안다고 함부로 지껄여?"

요시다의 눈동자가 흔들렸다.

"선수로서 부끄럽지도 않냐? 넌 좀 다를 줄 알았는데……."

"이 자식이!"

요시다가 주먹을 추켜올렸다. 창이는 눈을 부릅뜨고 요시다의 얼굴을 빤히 쳐다보았다. 요시다가 주먹을 부르르 떨며 핏

발 선 눈으로 창이를 노려보았다. 창이는 굳은 듯이 서서 요시다가 강렬하게 쏘아 대는 눈빛을 맞받아쳤다. 그러자 요시다는 주먹을 거두고 대문을 거칠게 열어 집으로 들어갔다. 쾅, 하고 대문이 닫히는 소리가 온 골목에 울렸다.

창이는 온몸에 힘이 쫙 빠지는 기분이 들었다. 이제 정말 끝났구나 싶었다. 경기장에 설 자격조차 주어지지 않는 것이 지금 창이가 처한 현실이었다. 창이는 자신의 현실만큼이나 무거운 발걸음을 겨우 옮기며 힘겹게 걸었다. 청월루까지 돌아가는 길이 너무나 멀게 느껴졌다. 한참을 느릿느릿 걸어간 후에야 청월루 뒷문에 다다랐다.

"왜 이제 와? 어딜 갔다 오는 거야?"

어느 쪽에선가 난영이가 불쑥 튀어나와 말을 걸었다. 창이는 대꾸도 없이 난영이를 보았다. 그동안 창이를 피해 다니느라 아는 척도 하지 않더니. 무슨 일인가 싶었다.

"오늘 시합……. 괜찮아?"

난영이가 다시 입을 열었다.

아마도 상신이 경기를 거부한 일을 들은 모양이었다.

"네가 무슨 상관이야? 모른 척할 땐 언제고."

난영이가 걱정해서 한 말인 줄 알지만, 창이는 괜스레 퉁명스럽게 굴고 말았다. 그동안 난영이에게 섭섭했던 감정이 한꺼번에 튀어나온 것이다.

"그게 아니라……."

난영이가 무슨 말인가 할 듯 말 듯 입을 우물거렸다. 그러나 창이는 난영이를 매몰차게 지나쳐 뒤채가 있는 방향으로 터벅터벅 걸어갔다. 그러자마자 곧 후회했지만 다시 돌아갈 수도 없었다. 오늘은 모든 게 엉망이었다.

창이는 툇마루로 올라섰다. 그러고는 할머니가 지내던 방으로 들어갔다. 컴컴한 방 안에 달빛이 희미하게 들어찼다. 창이는 제자리에 털썩 주저앉았다. 바닥의 찬 기운이 온몸을 훑었다. 무릎을 끌어안고 벽에 머리를 기대 잠시 눈을 감았다. 그런 채로 한숨을 몰아쉬었다. 오늘 하루가 참 길다는 생각이 들었다. 가슴이 시렸다. 할머니의 온기가 그리운 순간이었다.

문득 구석에 놓인 나무 상자로 눈길이 갔다. 상자 안에는 부모님의 사진이 담겨 있었다. 히토미 부인을 만난 후, 사진을 꺼내 볼 때마다 쓸데없는 생각이 떠올라 괜스레 마음이 흔들렸다. 그래서 일부러 깊이 넣어 두고 한동안 꺼내지 않았었다.

창이는 달빛에 부모님 사진을 비춰 보았다. 사진 속 부모님은

늘 웃고 있었다. 창이는 가슴이 울컥거리며 눈시울이 뜨거워졌다.

"창이야, 창이야!"

그때 문밖에서 난영이가 창이를 부르는 목소리가 들렸다.

"아직 안 갔어?"

소매 끝으로 눈가를 훔치며 일어선 창이는 방문 틈으로 고개를 내밀며 물었다. 조금 전에 난영이에게 화를 낸 기억이 떠올라 괜스레 머쓱했다.

"왜 이렇게 어둡게 하고 있어?"

난영이가 방으로 성큼 들어오더니 등잔에 불을 밝혔다.

"오늘 아무것도 못 먹었지?"

난영이가 한 손에 들고 있던 보자기를 펼치자, 주먹밥 서너 덩이가 나왔다. 그러고 보니 오늘 한 끼도 제대로 먹지 못했다.

"아까는 미안했어."

"됐어."

난영이가 민망한지 눈동자를 이리저리 돌렸다. 그러던 중 바닥에 떨어진 부모님 사진에 시선을 두었다. 그러고는 무심결에 사진을 들어 보았다.

"우리 부모님이야."

창이는 툭 던지듯 말했다.

"부모님?"

"그런데 우리 어머니 누구 닮은 거 같지 않아?"

"누구?"

창이는 잠시 머뭇거렸다. 그래도 이왕 말을 꺼냈으니 끝맺고 싶었다.

"히토미 부인 말이야."

"글쎄. 잘 모르겠는데. 그건 왜 물어?"

난영이의 표정이 무언가 묘했다. 당황한 것 같기도 하고, 창이의 눈치를 살피는 듯도 했다.

"아, 아니야. 아무것도."

창이는 괜히 말을 꺼냈나 싶었다. 난영이가 쓸데없는 걱정을 할까 봐 뒤늦게 신경 쓰였다. 창이는 아무렇지도 않은 듯 주먹밥 한 덩이를 쥐고 입안 가득 베어 물었다.

어디 한번 던져 보든지

"광일 놈들이 나오긴 할까?"

달호가 손톱을 잘근잘근 씹으며 중얼거렸다.

"일단 기다려 봐야지 뭐."

중구도 무겁게 가라앉은 목소리로 한마디 거들었다.

창이는 말없이 텅 빈 경기장을 바라보았다. 경기 시간이 얼마 남지 않았다. 그러나 지금 이곳에는 칠성 선수들뿐이었다. 관중석도 썰렁했다. 첫 경기가 있던 날에는 선수들의 가족과 친구들이 꽤 찾아왔었다. 그런데 상대 야구부들이 칠성과의 경기를 거부한다는 사실이 알려진 탓인지 오늘은 몇 명 보이지 않았다.

"어?"

불현듯 창이의 눈이 커졌다. 창이는 눈을 끔뻑거리다가 관중석 쪽을 다시 쳐다보았다. 난영이었다! 난영이가 관중석에 앉아서 창이를 보고 있었다.

'하아, 오지 말지…….'

반가운 마음은 잠시였고, 자신도 모르게 한숨이 푹 나왔다. 어차피 광일은 오지 않을 거다. 요시다를 만나고서 모든 기대를 저버렸다. 맥없이 시간만 흘려보내다가 집으로 터덜터덜 돌아갈게 뻔했다. 그렇게 우스운 꼴을 난영이에게 보여 주고 싶지 않았다. 그러고 나면 더할 수 없이 비참할 거 같았다.

그때였다.

"감독님!"

갑자기 달호가 소리를 질렀다. 창이는 무슨 일인가 주위를 두리번거렸다. 그러다가 무언가를 발견하고 자리에서 벌떡 일어섰다. 광일 선수들이 나타난 것이다. 스무 명이 넘는 선수들이 방망이와 글러브를 등에 메고 이쪽으로 휘적휘적 걸어오고 있었다.

"어? 광일이다!"

"진짜 온 거야? 오늘 시합할 수 있는 거야?"

다들 어리둥절한 표정으로 한마디씩 던졌다. 선수 대기석이 순식간에 시끌벅적해졌다. 감독님도 영문을 모르겠다는 표정으로 상황을 살폈다. 그러고는 광일 선수들의 대기석으로 달려갔다. 그곳에서 광일 감독님과 한참 동안 이야기를 나누었다. 어떤 이야기가 오가는 것일까. 창이는 두 사람의 모습에서 눈을 뗄 수 없었다.

곧이어 감독님이 돌아왔다. 선수들이 감독님 앞으로 몰려갔다.

"근래 광일을 찾아간 녀석이 누구냐?"

감독님이 심각한 표정으로 선수들을 둘러보았다. 창이는 심장이 덜컥 내려앉았다. 혹시 요시다를 만난 일 때문에 무언가 잘못되었으면 어쩌지?

"제, 제가……."

창이가 나서려는 찰나였다.

"제가 찾아갔습니다."

창이보다 먼저 손을 들고 나서는 사람이 있었다. 강태 형이었다.

"저도 강태랑 같이……."

강태 형 옆에 서 있던 호석이 형도 조심스레 손을 들었다. 그러더니 주장과 중구, 길영이까지 줄줄이 손을 올렸다. 그렇게 나선 당사자들도 무슨 일인지 모르겠다는 듯 멀뚱한 표정으로 서로를 쳐다보았다. 창이도 어리둥절했다.

"광일 감독을 귀찮게 한 녀석이 한두 놈이 아니었군. 허허!"

감독님이 갑자기 표정을 바꿔 너털웃음을 터트렸다.

"그게 무슨 말씀입니까?"

주장이 물었다.

"광일 감독이 그러더라. 막상 경기를 거부하고 보니 마음이 켕기더라고. 게다가 그 감독이 젊었을 때는 도쿄에서 꽤 이름을 날린 선수였지. 경기 거부를 불명예스럽게 생각하던 차에 너희들이 찾아와 간곡하게 부탁하는 모습을 보고 마음을 돌렸다고 하더라."

"그럼 오늘 경기할 수 있는 거예요?"

병만이가 기대에 찬 눈빛으로 물었다. 감독님이 고개를 끄덕였다. 그러자 다들 순식간에 표정이 환해졌다.

"물론 불만을 가진 선수들도 많았지. 하지만 그 선수들은 요시다가 설득한 모양이야. 요시다는 창이 네가 찾아갔었다며?"

감독님이 창이에게 시선을 고정한 채 말을 덧붙였다.

"요시다가요?"

창이는 깜짝 놀라며 되물었다.

"그래. 요시다가 선수로서 부끄러운 행동은 하지 말자며 설득했다고 하던데?"

창이는 상대편 선수 대기석 쪽으로 고개를 돌렸다. 요시다도 이쪽을 쳐다보고 있었던 건지, 창이와 눈이 마주치자마자 시선을 돌렸다. 알면 알수록 속을 알 수 없는 녀석이었다.

"고맙다. 나는 무능한 감독이지만, 너희들은 정말 훌륭한 선수다. 지금 절실한 마음을 절대 잊지 말길 바란다. 그 절실함이야말로 너희의 가장 훌륭한 무기가 될 거다."

감독님이 말을 이었다. 그 어느 때보다 진지한 표정이었다. 다들 승리를 위해 아무리 힘든 훈련도 이 악물고 버텨 왔다. 훈련이 고된 날은 다리가 후들거려 집으로 돌아가는 길조차 까마득했다. 그러나 다음 날이 되면 모두 훈련장에 나타났다. 이번 대회에 절실하지 않았다면 그럴 수 있었을까. 오늘의 경기는 그 절실함이 만들어 낸 결실이었다.

삐익—

심판의 호루라기 소리가 울렸다. 드디어 경기가 시작되었다. 창이는 투수판을 딛고 올라섰다. 심장이 정신없이 뛰었다. 고개를 들어 앞을 바라보았다. 상대 타자가 방망이를 치켜든 채 창이의 공을 기다렸다. 가슴이 벅차올랐다. 이 순간만큼은 조선인과 일본인이 아니었다. 선수 대 선수로서 마주 서 있을 뿐이었다.

이제 준비가 됐다. 창이는 두 손을 이마까지 들어 올렸다. 동시에 무릎을 대각선으로 크게 들었다. 그리고 공을 힘차게 던졌다. 가장 자신 있는 빠른 직구였다.

'스트라이크!'

공을 던지자마자 바로 느낌이 왔다.

상대 타자가 방망이를 들고 주춤하는 사이에, 창이가 던진 공은 중구의 글러브 안으로 쏙 들어갔다.

"보올!"

그러나 심판의 입에서는 엉뚱한 판정이 튀어나왔다.

'응? 뭐지? 공이 옆으로 휘었나?'

창이는 고개를 갸웃했다. 중구도 무언가 의아하다는 눈빛이었다.

그래도 겨우 첫 번째 공이었다. 던져야 할 공은 아직 많이 남았다. 창이는 지나간 공은 잊고, 다시 손끝에 집중했다.

다행히도 경기는 초반부터 술술 풀렸다. 광일의 선두 타자는 창이가 던진 빠른 공에 발이 묶였다. 아예 치지 못하거나, 치더라도 방망이에 빗맞아서 파울이 되었다. 두 번째 타자가 안타를 치고 1루로 나가긴 했지만, 다음 타자가 친 공이 내야 땅볼로 병살 처리되면서 득점하지 못했다. 그러나 광일의 실력 역시 만만치 않았다. 칠성의 타자들이 여러 차례 안타를 쳤지만, 그때마다 광일 수비수들이 철벽 방어를 하며 단 1점도 내주지 않았다.

2회 초, 다시 광일의 공격이었다. 첫 번째 타석에 들어선 선수는 광일의 4번 타자, 바로 요시다였다. 경기장에서 요시다를 처음 상대하는 순간이었다. 요시다는 창이를 뚫어져라 쳐다보며 방망이를 두어 번 휘둘렀다. 어디 한번 던질 테면 던져 보라는 듯 자신만만한 눈빛이었다. 창이의 심장이 세차게 요동쳤다. 요시다가 도저히 칠 수 없는 공을 던지고 싶었다. 창이는 잠시 고민하다가 공을 잡은 손 모양을 슬쩍 바꿨다. 커브 볼을 던질 생각이었다. 아직 손에 익은 동작은 아니었다. 그러나 첫 대결부터 요시다의 코를 납작하게 해 주고 싶었다. 창이는 자신이 요시다를 쓰러트릴 만큼 강한 상대라는 사실을 이 공 하나로 보여 주고 싶었기 때문이다. 공을 잡은 손에 힘을 주었다. 열심히 연습했으니 잘 던질 수 있을 거다. 아니, 잘 던져야 한다.

창이는 팔을 휘두르는 동시에 손목을 안쪽으로 살짝 비틀었다. 그대로 손가락 힘을 이용해서 튕기듯 공을 던졌다. 공이 곡선을 그리며 쭉 날았다. 그러다 갑자기 방향을 벗어나 바깥쪽으로 빠지고 말았다. 중구가 팔을 뻗어서 겨우 공을 잡았다. 하마터면 놓칠 뻔했다. 요시다는 아무 표정 없이 서 있었지만, 창이는 얼굴이 화끈거렸다.

'손목에 너무 힘을 줬나? 연습한 대로 하자. 연습한 대로.'

창이는 다시 공을 던졌다. 이번에도 커브였다. 그러나 공은 엉뚱한 곳으로 날아갔다. 조금도 위협적이지 않은 변화구에 요시다는 당연히 꿈쩍도 하지 않았다.

3구째. 중구가 몸쪽으로 빠른 공을 던지라고 신호를 보냈다. 그러나 창이는 고집스럽게 이번에도 커브 볼을 던졌다. 결국 창이는 한 번도 제대로 된 변화구를 성공하지 못한 채 네 번 연속 볼 판정을 받고 말았다. 요시다가 방망이를 바닥에 집어 던지더니 1루를 향해 유유히 걸어 나갔다.

"겨우 그 정도 실력을 보여 주려고 난리를 쳤냐? 우하하하."

선수 대기석에 있던 사토가 한껏 비웃었다. 창이는 속이 부글부글 끓었다. 표정 관리가 되지 않았다. 볼넷이라니. 더구나 그 중 두 개는 폭투 수준이었다. 중구가 개구리처럼 폴짝폴짝 뛰어서 겨우 잡을 정도로 제구가 엉망이었다. 창이는 관중석 쪽을 힐끔 쳐다보았다. 난영이가 인상을 구긴 채 지켜보고 있었다.

앞에 나선 세 타자에게는 이렇게 형편없이 던지지 않았다. 아니, 꽤 괜찮은 공이었다. 중구가 손바닥이 욱신거릴 정도로 강한 공이었다며 감탄하기도 했다. 그런데 하필 요시다에게, 그것도 첫 대결에서 이렇게 엉망인 모습을 보여 주다니.

창이는 1루에 서 있는 요시다를 힐끔 바라보았다. 요시다는 시종일관 얼굴에 아무런 표정을 내보이지 않았다. 그러나 속으로는 창이를 비웃고 있을 게 분명했다. 순간, 요시다가 고개를 돌려 둘의 눈이 마주쳤다.

'역시 넌 내 상대가 아니야.'

요시다가 눈으로 그렇게 말하는 것만 같았다.

경고

칠성이 1점 차로 지고 있는 가운데 4회를 맞이했다. 현재 점수는 1 대 2였다.

"흐엇!"

창이는 짧은 기합과 함께 힘껏 공을 던졌다. 동시에 광일의 타자가 방망이를 휘둘렀다. 순간 공이 안쪽에서 바깥쪽으로 휘어 나갔고, 타자가 아차 하는 표정을 지으며 멈칫했다. 그러나 방망이 끝이 이미 앞으로 뻗어 나온 상태였다.

"뽀올!"

하지만 심판의 입에서는 예상 밖의 판정이 떨어졌다. 창이는 어이가 없었다. 타자의 팔목이 돌아간 게 창이의 눈에도 확실히 보였기 때문이다.

"아니, 저게 어떻게 볼입니까?"

감독님이 강하게 항의했지만, 판정은 번복되지 않았다. 그 후에도 심판의 석연치 않은 판정이 계속되었다. 창이가 아무리 정중앙을 향해 공을 던져도 웬만해서는 스트라이크를 받기 힘들었다. 게다가 칠성과 광일의 애매한 경합 상황에서는 여지없이 광일에게 유리한 판정이 내려졌다. 항의는 단 한 번도 받아들여지지 않았다.

경기가 진행될수록 칠성과 광일의 점수 차는 계속 벌어졌고, 8회가 시작됐을 때 칠성은 2 대 6으로 4점이나 뒤지고 있었다. 창이는 질 것 같다는 불안감에 휩싸였다. 그러다가 이내 고개를 저었다.

'어떻게 얻은 기회인데, 약해지지 말자.'

창이는 크게 심호흡을 하고 투수판에 올라 공을 던졌다. 상대 타자가 공의 궤적에 맞춰 방망이를 휘둘렀다.

딱!

방망이에 잘 맞은 공이 위로 솟구치면서 날아갔다. 중견수인 주장이 뒷걸음질을 치며 공이 떨어지길 기다렸다. 공은 주장의 글러브 안으로 쏙 내리꽂혔다. 아웃이었다.

'좋았어!'

창이는 주먹을 불끈 쥐었다. 그사이 3루 주자가 냅다 홈으로 달리기 시작했다. 그걸 본 주장이 중구에게 재빨리 공을 던졌다. 병살을 노린 것이다. 중구가 팔을 뻗어서 낚아채듯 공을 잡았고, 주자는 그것보다 조금 늦게 홈 베이스를 밟았다. 주자가 조금만 더 빨랐으면, 칠성이 1점을 또 잃을 뻔했다.

그러나 이게 웬일일까. 심판이 세이프를 외쳤다. 점수 판에 광일의 점수가 7점으로 올라갔다.

"말도 안 돼!"

창이가 놀란 얼굴로 중구와 눈빛을 주고받았다. 중구의 표정에도 당황한 기색이 역력했다.

"세이프라니요! 판정을 그렇게 하면 어떡합니까? 우리 포수가 공을 더 빨리 잡았잖아요!"

감독님이 눈에 불꽃을 튀기며 뛰어나와 심판에게 항의했다. 목소리가 경기장에 쩌렁쩌렁 울렸다. 그 순간, 창이는 눈앞에 벌어진 일을 믿을 수 없었다. 심판이 감독님에게 퇴장을 선언하며 경기장 밖으로 나가라고 손짓한 것이다. 창이는 놀라서 입이 떡 벌어졌다. 경기하다 보면 이 정도 항의는 얼마든지 일어날 수 있는 일이었다. 게다가 이번에는 명백하게 잘못된 판정이기도 했다. 그런데 겨우 이런 일로 감독을 퇴장시키다니. 억울한 일을 당해도 입 다물고 가만히 있으라는 건가? 창이는 주먹을 꽉 쥐며 어깨를 바르르 떨었다.

잠시 경기가 중단되었다. 칠성 선수들이 선수 대기석으로 달려가 감독님 주위를 빙 둘러쌌다. 말도 안 돼요. 너무 억울해요. 감독님 없이 어떻게 해요. 다들 씩씩거리며 한마디씩 내뱉었다.

"이제부터는 네가 감독이다."

감독님이 주장의 어깨를 지그시 붙잡았다.

"그게 무슨 말씀이세요?"

주장의 눈이 튀어나올 것처럼 커졌다.

"부담을 줘서 미안하다. 하지만 너는 잘할 수 있을 거다. 선수들이 너를 얼마나 믿고 따르는지 알지? 평소대로만 하면 된다."

창이도 꽤나 놀랐지만, 감독님의 말에 크게 수긍했다. 주장은 훈련장에 가장 먼저 나오고, 가장 늦게까지 남아 있었다. 힘든 훈련도 불평 없이 해내는 사람이었다. 창이는 게으름을 부리고 싶다가도 주장의 그런 모습을 보면 정신이 번쩍 들면서 어느새 몸을 움직이고는 했다.

감독님이 없는 선수 대기석은 텅 빈 것처럼 허전했다. 다들 침울한 표정으로 말이 없고, 한숨 쉬는 소리만 들릴 뿐이었다. 점수 차가 더 벌어진 데다가, 심판의 판정은 불공정했다. 더구나 감독님까지 안 계시니 우리 팀의 패배가 정해진 결말처럼 느껴졌다.

"다들 어깨 펴. 그동안 우리가 흘린 땀이 얼마냐? 고작 이 정도에 그 노력을 물거품으로 만들 셈이야? 어쩌면 이번 경기가 우리에게 마지막일지도 모르는데?"

그때 주장이 앞으로 나서며 말했다. 창이는 고개를 들어 주장을 쳐다보았다.

"대항전은 우리에게 또 언제 찾아올지 모르는 기회다. 지금 당장 모든 힘을 쏟아부어야 해! 우린 강한 팀이야. 칠성은 반드시 이긴다! 다들 잘할 수 있지?"

주장의 결의에 찬 목소리가 창이의 가슴속에 불을 지핀 듯했다. 창이는 가슴이 뛰기 시작했다. 자신도 모르게 주먹을 꽉 쥐었다.

"네, 주장!"

창이가 가장 먼저 씩씩한 목소리로 대답했다.

"그래, 까짓것. 끝까지 해보자!"

"아자! 우리가 이긴다!"

"어디 한번 뒤집어 보자!"

다른 선수들도 악을 쓰듯 저마다 소리를 내질렀다.

8회 초, 아웃이 두 개 남은 상황에서 경기가 다시 시작되었다. 창이는 투수판에 발을 디딘 채 고개를 들어 앞을 바라보았다. 타석에 선 선수는 사토였다. 사토는 창이를 훑어보며 실실 웃었다. 긴장이라고는 조금도 느껴지지 않았다.

'다 이긴 경기라고 생각하는 걸 테지. 꼴 보기 싫은 새끼.'

창이는 눈을 질끈 감았다가 떴다. 사토의 그런 모습에 흔들리지 않기 위해 마음을 가다듬었다. 침을 한 번 꿀꺽 삼키고는 손끝에 감각을 집중했다. 그리고 힘껏 공을 던졌다. 사토가 기다렸다는 듯이 방망이를 세차게 휘둘렀다. 그러나 창이의 공이 더 빨랐다. 공을 놓치고 벙찐 사토의 표정이 볼만했다.

두 번째 공도 마찬가지였다. 창이의 빠른 공에 사토의 방망이가 헛돌고 말았다. 이제야 사토의 얼굴에 웃음기가 빠졌다. 다음에는 어떤 공을 던져 볼까? 창이는 온 신경을 야구에 몰두하며 중구와 사인을 주고받았다.

마침내 창이의 세 번째 공이 날아갔다. 이번에는 사토의 방망이도 빠르게 움직였다. 사토는 확신에 찬 눈빛을 반짝였다. 절대 놓치지 않겠다는 표정이었다. 그러나 창이가 던진 공이 중간

지점을 지났을 즈음, 사토의 얼굴에 당혹스러움이 스쳤다. 방망이는 이미 휘둘러졌는데, 공은 반박자 느리게 왼쪽으로 빠지며 중구의 글러브에 빨려 들어간 것이다. 사토는 방망이의 힘을 이기지 못해 제자리에서 크게 비틀거렸다.

"아우웃!"

심판의 입에서 판정이 떨어졌다. 사토가 분을 못 이기고 애꿎은 방망이를 집어 던졌다. 칠성의 선수 대기석 쪽에서는 기쁨의 환호성이 터져 나왔다. 사토를 상대로 삼구 삼진이라니! 창이는 속이 뻥 뚫린 듯 후련했다.

세 번째 아웃은 더 쉽게 잡을 수 있었다. 사토 다음 타자가 친 공이 하필 1루수 바로 앞에 땅볼로 떨어진 것이다. 곧바로 8회 말. 칠성의 공격이 이어졌다. 아직 4점이나 뒤졌지만, 공격할 수 있는 회차가 두 번이나 남은 데다가 분위기도 좋았다.

'실수만 하지 않으면 돼. 이 분위기로 끝까지 잘 끌고 가면 우리가 역전할 수 있어.'

창이의 마음속에 확신이 차올랐다.

사토가 공을 들고 투수판에 들어섰다. 표정이 좋지 않았다. 창이에게 삼진을 당한 게 자존심 상한 모양이었다. 마음이 흔들린 탓일까. 사토가 던진 공이 연속 안타를 맞으면서 1루와 2루가 금세 채워졌다.

창이는 세 번째 타자로 사토 앞에 섰다. 사토가 구역질을 할 것 같은 시늉을 하며 바닥에 침을 뱉었다. 일부러 그러는 거였다. 그러거나 말거나 창이는 사토의 도발에 신경 쓰지 않으려 애썼다. 어떻게든 안타를 칠 생각에만 집중하려 했다. 무사에 주자가 2명이었다. 여기서 창이가 안타를 치면, 최소 만루 상황이 될지도 몰랐다. 점수를 가져갈 좋은 기회였다. 창이는 방망이를 꽉 움켜잡았다.

그때였다. 사토가 갑자기 소름 끼치는 웃음을 흘리더니, 세차게 공을 던졌다. 무언가 불길한 예감이 스치려던 찰나에 공이 창이의 어깨를 아슬아슬하게 지나쳤다. 하마터면 날아오는 공에 맞을 뻔했다. 창이는 순간 겁을 먹고 몸이 뻣뻣해졌다. 사토는 창이를 쳐다보며 무언가 아쉬워하는 표정을 지었다.

'저 새끼, 일부러 위협구를 던진 게 틀림없어!'

창이는 심판을 보았다. 분명 이 상황을 지켜보았을 텐데도, 아무 일 없다는 듯이 멀뚱히 서 있기만 했다.

곧이어 사토가 두 번째 공을 던졌다. 이번에는 창이의 머리를 노린 듯 공이 거의 눈앞까지 날아왔다. 그 순간 창이는 바짝 고개를 숙였다가 발이 꼬여 바닥에 나뒹굴었다.

"아하하하!"

광일의 선수 대기석 쪽에서 웃음소리가 들려왔다. 창이는 자리에서 벌떡 일어나 사토를 노려보았다. 사토가 눈동자를 굴리며 어깨를 으쓱했다. '뭐, 어쩌라고?' 하는 듯했다. 창이는 숨이 점점 거칠어졌다.

"위협구잖아요! 일부러 던진 거라고요!"

주장이 심판에게 항의했다. 그러자 심판이 사토에게 다가가 간단하게 주의를 주었고, 사토는 건성으로 고개를 끄덕였다. 그게 다였다.

"이게 대체……."

주장이 못 참겠다는 듯이 한 번 더 따지려고 하자, 창이가 황급히 주장의 팔을 끌어당겼다. 지금 상황이 분했지만 여기서 계속 따졌다가 주장마저 퇴장당할까 봐 겁이 났다. 선수가 한 명이라도 비면 아예 경기를 뛰지 못하기 때문이다. 주장도 창이의 뜻을 알아들었는지 고개를 끄덕이더니 할 수 없다는 표정으로 물러섰다.

창이는 다시 방망이를 들었다. 방망이를 쥔 손이 파르르 떨렸다. 이번엔 사토가 어디를 겨냥할지 몰랐다. 이건 야구가 아니었다. 조선인인 창이를 향한 멸시였고, 네 분수를 알라는 경고였다.

"이봐, 조센진! 겁먹었냐?"

"오줌 싸는 거 아냐?"

광일의 선수 대기석에서 야유가 쏟아졌다. 사토도 손바닥 안에 공을 굴리며 피식피식 웃음을 날렸다. 창이는 솟구치는 분노를 참으며 사토를 쏘아보았다.

사토가 쳐다보는 쪽은 포수가 있는 방향이 아닌 타자 창이의 어깨였다. 그걸 알면서도 창이는 방망이를 놓을 수 없었다. 어디 해볼 테면 해보라는 오기였고, 네 경고 따위 무섭지 않다는 나름의 응답이었다. 창이와 사토는 서로 눈싸움을 하듯 팽팽한 눈빛을 주고받았다.

곧이어 사토의 손아귀에서 공이 뻗어 날아왔다.

"아악!"

사토가 던진 공은 기어코 창이의 왼쪽 어깨를 맞고 튕겨 나갔다. 창이는 어깨를 잡고 흙바닥에 쓰러졌다. 망치로 얻어맞은 듯한 통증이 온몸에 퍼졌다. 그 상태로 무릎을 꿇은 채 바들바들 떨면서 사토를 노려보았다. 사토는 고소하다는 표정을 지으며 창이를 빤히 내려다보고 있었다.

"이 새끼가!"

창이는 도저히 참을 수 없었다. 몸을 일으켜 사토에게 달려들었다. 사토를 바닥에 넘어뜨리고 사정없이 주먹을 휘둘렀다. 양 팀의 선수와 감독이 달려왔다. 그 잠깐 사이에 사토의 코와 입술에 핏물이 흥건하게 배어 나왔다. 창이는 제정신이 아니었다. 아니, 제정신일 수 없었다.

히토미 부인

창이는 갓 나온 따끈한 음식을 들고 걸음을 재촉했다. 청월루 마당을 가로질러 막 돌계단에 올라서려던 참이었다.

"너 학교 안 갈 거야?"

뒤에서 누군가 창이의 팔을 잡아챘다. 그 바람에 잠시 휘청거렸고, 하마터면 음식을 놓칠 뻔했다. 겨우 균형을 잡고 뒤돌아보니 난영이의 구겨진 얼굴이 보였다.

"상관 마."

창이는 자기도 모르게 말이 거칠게 나갔다. 요즘 들어 창이는 누가 스치기만 해도 불쑥 화가 치밀었다. 한순간을 참지 못해 모든 걸 망쳐 버린 자신이 원망스러웠고, 그 마음을 어쩌지 못해 엉뚱한 데다 화풀이했다. 그러고 나면 스스로가 더욱 미워져서 속이 타들어 가다 못해 잿더미가 되는 기분이었다. 무엇보다 괴로운 것은 창이의 머릿속에서 맴도는 요시다의 한마디였다.

'주먹질만큼 한심한 짓도 없거든.'

창이가 경기 중에 사토에게 주먹을 날리면서 칠성은 대항전에서 퇴출당하고 말았다. 악몽 같았던 그날, 창이는 피가 날 때까지 주먹을 땅바닥에 내리쳤다. 다시는 야구 따위 하지 않겠다고 결심하고 또 결심했다. 그때부터 청월루에 틀어박혀 학교에도 가지 않았다.

"정말 안 갈 거야? 벌써 며칠째야?"

난영이가 걱정스러운 표정으로 재차 다그쳤다.

"음식 식어."

창이는 그 일을 떠올리는 것조차 괴로웠다. 그래서 팔을 붙잡는 난영이를 뿌리치고 자리를 피했다.

창이가 손님방에 음식을 가지고 들어가니, 다들 대낮부터 술에 취해 얼굴이 벌게 있었다. 상 위에 음식을 차리고 나가려는데 누군가 창이를 불렀다.

"이봐, 뽀이!"

뒤돌아보니 창이가 아는 얼굴이었다. 청월루의 단골손님이자

신작로에서 제일병원을 운영하는 일본인 원장이었다.

“너 심부름 하나 해야겠다.”

원장이 창이에게 종을 부리듯 말했다. 창이는 그러려니 했다. 보이로 일하면서 손님에게 이런 취급을 당하는 게 한두 번도 아니었다.

“산해빈관 사장님 댁에 약 좀 가져다드려. 약은 병원에 있으니까 가면서 찾아가고.”

‘산해빈관?’

산해빈관 사장님 댁이라면 요시다네 집이었다. 창이는 순간 몸이 떨렸다. 어머니를 닮은 얼굴이 떠올랐기 때문이다.

사실 한동안 잊고 지냈었다. 대항전 때문에 정신없기도 했지만, 어쩌다 히토미 부인이 생각나면 그날은 내내 기억에도 없는 어머니가 대책 없이 그리웠다. 게다가 돌아가신 할머니와 자신을 버리고 떠난 아버지까지 떠올라 그 기억들은 창이의 가슴을 후벼 팠다. 그래서 일부러 생각하지 않으려 애썼는데…….

“뭐 하고 섰어? 그 집 딸에게 줄 약이니까, 똑바로 전달해. 알겠어?”

창이가 쭈뼛거리며 서 있으니 원장이 쏘아붙이듯 소리쳤다. 어쩔 수 없이 창이는 고개를 꾸벅 숙이고는 자리에서 물러났다.

창이는 발걸음이 무거웠다. 얼떨결에 청월루를 나서긴 했는데, 요시다네 집에 가까워질수록 걷는 속도가 자꾸 더뎌졌다. 대문 앞에 다다라서는 아예 우뚝 멈춰 서서 한참을 서성였다. 창이는 왠지 모르게 자꾸 주저하는 마음이 들었다.

그러다가 문득 손에 든 종이봉투를 열어 보았다. 여기 오는 길에 제일병원에 들러 챙겨 온 약이었다.

"급한 걸지도 모를 텐데……."

창이는 낮게 숨을 내쉰 뒤 초인종을 눌렀다.

"거기, 조센진!"

어디선가 경찰 두 명이 불쑥 나타나 창이를 불렀다.

"네?"

"그 집에는 왜 들어가려는 거지?"

경찰들이 창이를 위아래로 훑어보며 의심스러운 눈길을 보냈다.

"제일병원 원장님의 심부름이요."

창이는 손에 들고 있던 약 봉투를 보여 주었다. 경찰 한 명이 봉투를 채가더니 앞뒤로 돌려 보았다. 그러더니 별것 없다고 느꼈는지 창이의 품에 확 던지고 왔던 길로 사라졌다.

"왜 저래?"

창이는 잠시 고개를 갸웃하고는 다시 초인종을 눌렀다. 곧 있으니 대문이 열리면서 일본인 소녀가 나왔다. 며칠 전에 보았던 그 아이였다.

"어? 너는?"

소녀는 창이를 보자 놀랐다.

"제일병원 원장님이 심부름을 보내서 왔어."

"아! 그렇지 않아도 연락받았어. 급한 일이 있으셔서 심부름꾼을 대신 보낸다고."

청월루에서 술 마시고 노는 일이 급한 일인가? 창이는 속으로 어이가 없었지만, 굳이 내색하지 않았다.

소녀가 손을 내밀었다.

"이리 줘. 사모님께 전해 드릴게."

"사모님?"

창이는 반사적으로 대꾸했다.

"응. 왜?"

"그, 그게 아니라. 원장님이 직접 전해 드리라고 하셨어."

창이는 자기도 모르게 거짓말이 툭 튀어나왔다. 그러자마자 스스로에게 놀랐다. 자기가 왜 그랬는지 본인도 이해할 수 없는 행동이었다. 무언가 생각하고 꺼낸 말은 아니었다. 자기 행동이

어색하고 이상해 보이지는 않았을까. 창이는 입술을 깨물며 소녀의 눈치를 살폈다. 그러나 소녀는 대수롭지 않은 표정으로 창이를 향해 고갯짓했다.

"그럼 들어와."

소녀가 먼저 대문 안으로 들어섰다. 창이는 잠시 머뭇거리다가, 에라 모르겠다는 심정으로 소녀의 뒤를 따랐다.

널찍한 마당에는 신경 써서 가꿨음 직한 정원이 푸릇푸릇하게 펼쳐져 있었다. 여러 종류의 나무와 풀, 꽃들 사이로 작은 오솔길도 구불구불 이어졌다. 오솔길을 따라 얼마쯤 걸어 들어가니 이 층 목조 주택이 나타났다.

"여기서 잠깐만 기다려. 사모님 모시고 올게."

소녀가 창이를 돌아보며 말했다. 그러고는 현관문을 열고 집 안으로 사라졌다.

"하아, 이건 아니야."

창이는 한숨을 푹 내쉬었다. 혼자 남겨지고 보니 후회가 밀려왔다. 어머니와 닮은 사람일 뿐인데 거짓말까지 하면서 뭘 어쩌겠다고. 대체 무엇을 확인하겠다고. 문 앞에 약을 두고 그냥 가버릴까? 대책 없이 그런 생각마저 들었다. 돌아가지도 못하고,

그렇다고 이 자리에 계속 있을 수도 없었다. 창이는 안절부절못하며 어찌할 바를 몰랐다.

그즈음이었다. 현관문이 열리더니 소녀와 함께 히토미 부인이 밖으로 나왔다. 창이는 얼어붙은 자세로 부인과 눈이 마주쳤다.

"약을 가져온 심부름꾼이 너니?"

부인이 당황한 목소리로 물었다. 그러나 창이는 말문이 막혀 아무 말도 할 수 없었다. 보면 볼수록 히토미 부인의 얼굴은 사진 속 어머니와 꼭 닮은 것 같았다. 하마터면 창이의 입에서 '어머니'라는 소리가 튀어 나갈 뻔했다.

"엄마!"

엄마? 별안간 들려온 소리에 창이는 화들짝 놀라며 정신이 번쩍 들었다. 설마 제 입에서 나온 소리인가 싶어 자기도 모르게 손바닥으로 입을 막았다.

"엄마, 누구야?"

같은 목소리가 한 번 더 들려왔다. 그제야 창이는 히토미 부인과 같이 나온 어린 여자아이가 눈에 들어왔다. 네다섯 살쯤 되었을까. 노란 기모노를 입은 모습이 퍽 앙증맞았다.

"치요 약을 가지고 왔대."

"으, 약 싫어."

히토미 부인의 대답에 치요가 두 손으로 입을 가린 채 도리질을 쳤다. 창이는 그 귀여운 모습에 왠지 눈을 떼지 못했다.

"고맙다."

문득 히토미 부인이 창이에게 조선말을 건넸다. 창이는 고개를 돌려 히토미 부인을 쳐다보았다. 무엇 때문인지 부인의 눈동자가 심하게 흔들리고 있었다. 그러다가 창이를 향해 무심코 한 걸음 내딛더니, 제풀에 놀라며 얼른 걸음을 되돌렸다.

"저……."

창이는 이때다 싶어 무언가 말을 걸어 보려 했다. 그때 대문 너머에서 차를 멈춰 세우는 소리가 들렸다. 부인이 놀라는 기색을 내비쳤다. 그 바람에 창이는 도로 입을 다물고 말았다.

"넌 치요를 데리고 어서 방으로 들어가 있으렴."

히토미 부인이 치요를 번쩍 들어서 소녀에게 안겼다. 소녀가 치요를 데리고 사라지자, 이번에는 창이에게 건물 뒤쪽을 가리키며 말했다.

"저쪽으로 가면 뒷문이 나올 거야. 그리로 나가면 된다."

부인은 그 말만을 남긴 채 대문이 있는 쪽으로 종종걸음을 쳤다. 무슨 일인지 물을 새도 없었다. 창이는 어리둥절해하며 제자리에서 머뭇거렸다.

‘날 왜 뒷문으로 보내려는 거지? 내가 마주치면 안 되는 사람이라도 오는 건가?’

누가 보아도 히토미 부인의 행동이 어딘가 부자연스러웠다.

곧 대문이 여닫히는 소리가 들렸다. 이어서 소란스러운 말소리와 발걸음 소리가 조금씩 가까워지고 있었다. 한 명은 아닌 것 같았다. 창이는 시키는 대로 건물 뒤편으로 가려고 몸을 돌렸다. 괜스레 히토미 부인을 곤란하게 만들고 싶진 않았다.

그러나 이미 늦은 듯했다. 지금 움직였다가는 사람들의 눈에 곧바로 띌 거 같았다. 창이는 잠시 두리번거리다가 정원 안으로 들어가 나무 뒤에 몸을 숨겼다. 사람들이 집 안으로 들어가고 나면 빠져나갈 생각이었다.

“이 한심한 녀석! 기어이 내 말을 거역하겠다는 거냐?”

창이가 자리를 잡자마자 한 남자가 고함을 내질렀다. 창이는 가슴이 쿵쾅거렸다.

“당장 야구 때려치우고 일본으로 돌아가! 넌 일본 제국의 군인이 되어야 해! 우리 가문의 명예를 높여야 한다고!”

그의 거친 소리가 온 정원에 울렸다. 그 와중에 창이는 야구라는 단어가 귀에 꽂혔다.

"싫어요! 군인은 아버지의 꿈이지 제 꿈이 아니에요. 제 꿈은 야구를 하는 거란 말이에요!"

'응? 이 목소리는?'

익숙한 목소리가 들려왔다. 창이는 궁금증을 못 참고 고개를 내밀었다. 정원의 풀과 나무 사이로 얼핏 세 사람의 모습이 보였다. 연신 소리를 지르던 남자는 산해빈관의 주인, 그러니까 요시다의 아버지였다. 그에게 대들던 목소리는 역시 요시다였다. 히토미 부인은 안절부절못하며 두 사람을 말리고 있었다.

"꿈 같은 소리 집어치워. 그딴 공 던지기는 언제까지 할 생각이냐?"

"그만둘 생각 없어요! 야구를 포기하고 가문의 명예를 드높일 생각 따윈 없다고요."

"이번 대회만 끝나면 그만두기로 했잖아! 군인의 삶이 너에게 이득이라고 몇 번이나 말해야 알아듣겠어?"

"이득이니 뭐니 그런 거 안 따지기로 했어요. 그건 아버지의 방식이지 제 방식이 아니에요. 전 제가 좋아하는 일을 하는 게 더 중요해요."

요시다가 자신의 의견을 분명하게 말했다. 창이에게 이득을 따지던 모습과는 달랐다. 어쩌면 그게 요시다의 본래 모습이 아니었을 수도 있겠다는 생각이 들었다.

그때였다.

"아버지처럼은 안 살 거예요!"

요시다가 작정한 듯 고함을 쳤다. 곧이어 찰싹하는 소리가 사방에 퍼졌다. 아버지가 요시다의 뺨을 때린 것이다.

"윽!"

요시다가 균형을 잃고 넘어지더니 두 손으로 한쪽 무릎을 감싸 쥐었다. 바로 옆에 놓인 뾰족한 돌에 부딪힌 듯했다.

"그만해요! 이게 무슨 짓이에요?"

히토미 부인이 악을 쓰듯 소리를 지르며 요시다의 아버지를 막아섰다.

"당신이 애를 싸고도니까, 이렇게 제멋대로 구는 거 아니오?"

"어머니께 소리 지르지 마세요!"

요시다가 자리에서 벌떡 일어나 소리쳤다.

"아니, 이 자식이!"

요시다의 아버지는 다시 한번 손을 치켜들었다. 순간 히토미 부인이 얼른 요시다의 팔을 잡아끌어서 현관문을 열고 집 안으로 들여보냈다. 그러고는 다시 요시다 아버지 앞에 섰다.

"요시다가 야구를 얼마나 좋아하는지 알잖아요. 하고 싶은 거 할 수 있게 내버려둬요!"

"내버려두긴. 당신도 요시다와 함께 일본으로 돌아가시오!"

"갑자기 그게 무슨 소리예요?"

"당신이 나 몰래 청월루에 드나든다는 걸 내가 모를 줄 아시오? 약속을 어겼으니, 일본으로 돌아가란 말이오!"

청월루라는 말에, 창이는 귀가 번쩍 뜨였다.

"목소리 낮춰요. 요시다가 들으면 어쩌려고요. 요시다는 아무것도 모른다고요."

히토미 부인이 화들짝 놀라며 집 쪽을 힐끔 쳐다보았다. 요시다의 아버지가 잠시 숨을 들이켜더니 다시 입을 열었다.

"경찰이 요즘 우리 집 주위를 기웃거리고 있소."

"네? 경찰이라뇨? 왜요?"

"봉현호가 또 사고를 친 모양이야. 이번에는 주재소*를 털어서 총기를 탈취했다지?"

순간, 창이는 제 귀를 의심했다. 봉현호. 바로 아버지의 이름이었다.

* 일제 강점기 당시 순사가 사무를 맡아보던 곳.

'왜 저 사람 입에서 아버지의 이름이 나왔지?'

창이는 막연한 불안감이 몰려와 가슴이 떨렸다. 두 사람은 대화를 이어 갔다. 창이는 더욱 귀를 기울였다.

"경찰이 지금 봉창이를 찾고 있소. 봉현호가 자기 아들을 찾아갈지도 모르니까. 그런데 아직 그 녀석이 산해에 있는 줄은 모르는 것 같아. 하지만 경찰이 곧 당신을 찾아올 거요. 당신이 그 애 이모잖소. 창이를 숨겼을 거로 생각할 테지. 그러니까 일이 더 커지기 전에 어서 일본으로 돌아가시오."

'뭐, 뭐라고?'

창이는 너무 놀라 입을 틀어막았다. 지금까지 한 번도 들어본 적 없는 이야기였다. 눈앞이 아찔해지면서 머릿속이 혼란스러웠다.

'히토미 부인이 내 이모라고? 나에게…… 이모가 있었다고?'

가슴앓이

창이는 몇 번 숨을 몰아쉬고 나서야, 뒤늦게 심장이 빠르게 뛰었다. 당장이라도 히토미 부인 앞으로 달려가 묻고 싶었다. 진짜 내 이모가 맞냐고, 우리 어머니는 돌아가신 거냐고, 왜 요시다의 어머니로 살고 있는 거냐고. 이렇게 가까이 있으면서 어째서 나를 모른 척하냐고. 지금 창이의 머릿속을 어지럽게 휘젓고 있는 질문들을 남김없이 쏟아 내고 싶었다.

그러나 마음과는 달리 온몸에 기운이 쭉 빠져서 금방이라도 앞으로 고꾸라질 것 같았다. 이대로는 한 걸음도 움직일 수가 없었다. 창이는 나무 기둥에 기댄 채 스르르 주저앉았다. 감쪽같이 속았다는 배신감 때문일까, 아니면 이젠 더 이상 혼자가 아니라는 안도감 때문일까, 그것도 아니면 어머니일지도 모른다는 기대가 무너진 허탈감 때문일까. 창이는 제 마음이 어디쯤 닿아 있는지 알 수 없었다. 그저 지금 벌어진 상황이 거짓말 같았고, 정신이 아득해지는 기분이 들었다.

시간이 얼마나 흘렀을까. 어느 순간부터 주위가 고요해졌다. 문득 정신을 차리고 보니 해가 져서 사방이 어둑어둑했다. 두 사람도 어딘가로 사라져서 보이지 않았다. 창이는 천천히 몸을 일으켰다. 아직도 다리가 후들거려 좀처럼 발걸음을 내딛기 힘들었다.

뒷문을 지나 큰길로 나갔다. 창이는 여전히 넋을 잃은 채 어둠 속을 천천히 걸었다. 꿈을 꾸는 듯도 했고, 상상 속에서 헤매는 듯도 했다. 도저히 현실감이 느껴지지 않았다.

"봉창이!"

그때, 누군가 창이를 불렀다. 난영이가 급한 걸음으로 다가오고 있었다. 창이는 주변을 휘둘러보았다. 어느새 청월루 앞에 다다라 있었다.

"요시다네 갔었다며? 왜 이렇게 늦었어?"

난영이의 얼굴에 걱정이 한가득했다. 창이는 입술을 우물거리긴 했지만, 아무 말도 나오지 않았다. 무슨 말부터 꺼내야 할지 몰랐다. 아직 스스로 정리된 게 아무것도 없었다. 지금 창이의 가슴속에 휘몰아치는 이 감정조차 자기 것이 아닌 양 낯설기만 했다.

"왜 말이 없어? 표정은 또 왜 그래? 무슨 일 있었어?"

난영이가 재차 재촉했다.

"그게……."

창이는 말을 잇지 못하고 침을 꿀꺽 삼켰다. 아직도 꿈에서 벗어나지 못한 느낌이었다. 다시 입을 열기까지는 시간이 좀 걸렸다.

"오늘 이상한 소리를 들었어. 글쎄, 히토미 부인이 내 이모라고……."

창이는 제 입으로 그렇게 말을 내뱉고 나니, 비로소 자기에게 일어난 일이 조금은 현실로 와닿았다. 그러는 동시에 무언가 울컥 솟구쳤다.

난영이도 깜짝 놀라 잠시 말문이 막힌 듯했다. 하지만 뒤이어 뜻밖의 말을 꺼냈다.

"어떻게 알았어?"

"그게 무슨 소리야? 어떻게 알았냐니? 그럼 너는 알고 있었다는 말이야?"

도리어 창이가 난영이보다 더 놀라서 눈이 휘둥그레졌다.

난영이가 잠시 머뭇거리더니 어렵게 입을 떼었다.

"내가 연못에 빠졌던 날 기억나? 그날 히토미 부인이 별채에서 사장님과 나누는 이야기를 들었어. 아주 우연히."

"그걸 왜 이제 말해?"

"나도 다 말하고 싶었어. 하지만 히토미 부인이자 네 이모가 숨기고 싶어 하는 걸 내가 함부로 말할 순 없었어."

난영이가 잠시 말을 잃었다가 한마디 더 했다.

"나도 괴로웠어. 그래서 널 피해 다녔던 거야. 널 속이는 것 같아서 괜히 미안했단 말이야."

"그래서 뭘 숨긴 건데? 나한테만 숨기는 게 대체 뭐냐고!"

창이는 모두가 자기를 속였다는 생각에 배신감이 밀려들었다. 너무 갑작스러운 상황에 자꾸 감정이 앞섰다.

"너한테만 숨기는 게 아니라, 너를 숨기려는 거야. 너를 지키려고."

"그게 무슨 소리야? 무슨 말인지 하나도 모르겠어."

창이는 답답한 마음에 목소리가 높아졌다.

"너희 아버지가 만주에서 독립군 활동을 하시는 동안, 너희 어머니가 만주에 독립운동 자금도 보내고 독립군들의 정보원 역할도 하셨나 봐."

"우리 어머니가?"

창이는 처음 듣는 이야기였다. 아버지에 이어 어머니마저 독립운동에 투신한 줄은 몰랐다. 창이는 난영이의 말에 온 신경을 집중했다.

"그런데 경찰에 발각되는 바람에 형무소로 끌려가셨대."

난영이가 여기까지 답하고 말을 멈췄다. 그런 후 길게 한숨을 내쉬더니 천천히 입을 열었다.

"그곳에서 혹독한 고문을 받다가 결국……."

그러나 끝내 말을 잇지 못했다.

"지금…… 그게 사실이야?"

창이는 심장이 정신없이 쿵쾅거렸다. 난영이가 꺼낸 말을 믿고 싶지 않았다. 그저 거짓이기를 바랐다.

"사장님께 직접 들었어."

난영이의 목소리가 잦아들었다.

창이는 제자리에서 비틀거렸다. 어머니가 그렇게 고통 속에서 돌아가셨을 줄이야.

창이는 사진 속에서 밝게 웃던 어머니의 미소가 떠올랐다. 그 미소 띤 얼굴이 끔찍한 고문으로 서서히 일그러지는 모습이 창이의 눈앞에 또렷했다. 창이는 헉, 하고 숨을 들이켰다. 목덜미에 소름이 돋았다.

"게다가 아버지가 널 찾으러 올까 봐 할머니와 이모를 숨 막힐 정도로 감시하고 괴롭혔대. 아마 네가 경성에서 계속 살았다면, 아버지가 잡힐 때까지 핍박을 벗어나지 못했을 거야."

난영이가 한 마디 한 마디 이어가는 동안 창이는 여러 번 괴로운 신음을 내뱉었다.

"그래서 요시다의 아버지가 혼자 좋아했던 이모에게 일본으로 같이 가자고 설득했대. 그 대신 너와 할머니를 경찰들의 눈에 띄지 않도록 청월루에 숨어 살게 도와주겠다면서. 요시다의 어머니는 요시다를 낳은 뒤 병으로 죽었다나 봐. 이모는 널 지키기 위해 사랑하지도 않은 남자와 결혼해서 일본에서 살게 된 거야."

"이모가 나를 위해 그렇게까지 하셨다고?"

창이는 쉽게 믿을 수 없었다. 머릿속이 혼란스러웠다. 이모는 어떻게 자신의 삶을 내던져 가면서까지 나를 지키려고 했을까?

"자매의 사이가 무척 돈독했나 봐. 네 어머니는 경성에서 유명한 기생이었는데, 기생 일을 해서 번 돈으로 동생이 동경에서 음악 공부를 할 수 있도록 도와줬대. 그 덕분에 이모는 가수라는 꿈을 이룰 수 있었고 말이야. 그런데 네 어머니가 돌아가시면서 너를 지켜 달라는 유언을 남긴 모양이야. 이모는 언니의 유언을 어떻게든 지키고 싶었을 거야."

창이는 눈시울이 뜨거워지면서 아무 말도 할 수가 없었다. 지금까지 몰랐던 가족들의 고통과 희생이 가슴을 짓눌렀다. 눈앞에 가족들이 겪었던 모든 고통이 한꺼번에 밀려오는 듯했다.

창이는 더 이상 견디기 어려워 고개를 숙이고 깊이 숨을 들이쉬었다. 할머니가 평생 가슴앓이에 시달린 이유를 알 것 같기도 했다. 창이는 난영이를 두고, 천천히 뒤돌아 걸음을 옮겼다.

"괜찮아?"

난영이가 뒤따라오며 물었다. 창이는 고개를 떨구고 묵묵히 걷기만 했다. 지금은 난영이의 위로조차 버겁게 느껴졌다.

난영이도 그런 창이의 마음을 알아챘는지, 얼마쯤 따라오다가 어느 순간부터 더 이상 뒤쫓아 오지 않았다. 창이는 어느 방향으로 가야 할지 몰라서 발길이 이끄는 대로 무작정 걸었다.

어두운 밤하늘에 먹구름이 끼는가 싶더니, 어느새 차가운 빗방울이 투둑투둑 떨어지기 시작했다.

치요의 오빠

창이는 아무도 없는 바닷가를 미친 듯이 내달렸다. 머리 위로 굵은 빗줄기가 쏟아져 내렸다. 다리에 힘이 풀려 질퍽한 모랫바닥을 뒹굴기도 했다. 그러다가 벌떡 일어나 또다시 뛰었다.

어머니의 고통스러웠을 죽음에 울분을 터트릴 줄도 모르고, 헛된 꿈을 꾸었다. 아버지는 어디 계실까? 무사히 잘 계실까? 이모를 아는 척해서는 안 되는 걸까? 할머니는 이 모든 것을 지켜보면서 얼마나 힘드셨을까? 난 앞으로도 혼자여야 하는 걸까? 그런 생각들이 두서없이 떠올라 마음속을 헝클어트렸다.

창이는 심장이 옥죄는 느낌이 들었다. 숨을 여러 번 내쉬어도 나아지지 않았다. 그러다가 문득 소중한 무언가를 빼앗긴 것처럼 분한 마음이 들끓어 오르기도 하고, 우리 가족에게 멋대로 들이닥친 불행에 세상이 원망스럽기도 했다.

창이는 달리기를 멈추고 철썩거리는 파도에 대고 악을 썼다. 그동안 꾹꾹 눌러 왔던 서럽고 억울한 마음이 봇물 터지듯 터져 나왔다.

파도가 얼마나 더 출렁였을까. 시간이 한참 흐르고 나서야 마음이 조금 진정이 되는 듯했다. 창이는 청월루로 돌아가기 위해 걸음을 돌렸다. 발바닥이 까슬까슬하고 축축했다. 고개를 숙이고 보니 양쪽 다 맨발이었다. 정신없이 달리는 동안 고무신이 어딘가로 날아가 버린 모양이었다.

창이는 모래사장을 벗어나 해안 길을 따라 걸었다. 시간이 꽤 늦긴 했나 보다. 대낮에는 행인들로 북적거리는 거리인데 지금은 사방이 어둡고 고요했다.

세관 네거리를 막 지나칠 무렵이었다. 어디선가 저벅저벅 발걸음 소리가 들려오더니, 곧 절뚝이는 그림자 하나가 나타났다. 깜빡거리는 가로등 불빛에 드러난 이는 뜻밖에도 요시다였다.

놀란 것도 잠시, 요시다의 품속에 안긴 치요가 보였다. 치요는 이모의 딸이니까 창이에게는 동생이었다. 요시다가 한 손으로는 우산을 받쳐 들고 나머지 손으로는 치요를 안은 채 어딘가로 급히 뛰어가고 있었다.

창이는 요시다 앞을 가로막고 섰다.

"무슨 일이야? 비 오는데 치요까지 데리고."

요시다가 갑자기 나타난 창이를 보고 처음에는 흠칫 놀랐다가 곧 다급한 표정으로 대꾸했다.

"치요가 불덩이야. 병원에 가야 해."

"불덩이라고? 부모님은?"

"경, 경성에 가셨는데…… 집에는 새벽녘에나…… 아무튼 얼른 병원…… 병원으로."

요시다가 횡설수설했다. 경기 중에는 거의 표정 변화가 없던 녀석이었기에 이렇게 당황해하는 모습은 처음이었다.

그 순간 창이는 오히려 정신이 번쩍 들었다. 머릿속을 어지럽히던 복잡한 생각들이 어느새 하나로 정리되는 기분이었다.

'아픈 동생을 지켜야 해!'

지금은 그것만이 중요했다. 어쩌면 이모가 창이와 할머니를 지키기 위해 일본에 가기로 결정했을 때에도 비슷한 마음이 아니었을까. 창이는 주위를 두리번거렸다. 늦은 시간에다가 비까지 내려서 그런지 지나가는 인력거가 한 대도 보이지 않았다.

"안 되겠다. 저기 처마 아래에서 잠시만 기다리고 있어."

"뭐 하려고?"

"그 다리로 거기까지 뛰어갈 수 있겠어?"

창이는 요시다의 절뚝이는 다리를 가리켰다. 그러고는 요시다가 무어라 대꾸할 틈도 주지 않고, 근처에 있는 달호의 집으로 달려갔다.

마당 한쪽 구석에 인력거 바퀴가 자물쇠에 채워진 채 세워져 있었다. 모두 자고 있을 시간이라 달호의 집 창밖으로는 불빛 한 점 새어 나오지 않았다.

창이는 무작정 달호의 방 안으로 들어갔다. 달호는 세상모르고 잠들어 있었다.

"달호야, 일어나 봐."

창이는 다급한 손짓으로 달호의 어깨를 흔들었다. 달호가 슬쩍 눈을 뜨는가 싶더니 화들짝 놀랐다.

"누, 누구야?"

"쉿! 나 창이야. 인력거 좀 잠깐 빌릴게. 급한 일이 있어."

"뭐? 이 시간에? 무슨 일인데 그래? 비까지 쫄딱 맞고……."

"갔다 와서 이야기할게. 진짜 급한 일이야. 제발 부탁해."

달호가 창이의 얼굴을 잠시 훑어보더니, 더 이상 캐묻지 않았다. 그러고는 부모님이 주무시는 안방으로 살금살금 들어가서 열쇠를 가지고 나와 창이에게 건네주었다.

창이는 인력거를 끌고 요시다가 기다리고 있는 곳으로 서둘러 돌아갔다. 요시다가 처마 밑에서 치요를 꼭 안은 채 발을 동동 구르고 있었다. 창이는 요시다 앞에 멈춰 섰다.

"얼른 타!"

"갑자기 인력거가 어디서 난 거야?"

"시간 없다며? 어서 타라고!"

창이는 냅다 소리를 질렀다. 요시다가 더 묻지 않고 인력거에 올라탔다.

하늘에선 여전히 장대비가 주룩주룩 내리고 있었다.

"미끄러지지 않게 꽉 잡아!"

창이는 빗줄기가 안쪽으로 들이치지 않도록 인력거의 가리개를 꼭 여민 다음, 병원을 향해 출발했다.

그러나 몇 걸음이나 걸었을까.

"으윽!"

창이가 비명을 지르며 제자리에 멈췄다. 갑자기 발바닥이 욱신거렸다. 무언가 뾰족한 것을 밟은 듯했다. 맨발바닥에서 피가 배어 나왔다.

"무슨 일이야? 괜찮아?"

뒤쪽에서 요시다의 말소리가 들려왔다.

"괜찮아."

창이는 짧게 대꾸했다. 발바닥 통증쯤은 개의치 않았다. 치요를 최대한 빨리 병원에 데려가야겠다는 생각밖에는 없었다. 다시 걸음을 떼어 막 출발하려던 그때였다.

"잠깐 멈춰 봐."

인력거 안쪽에서 요시다가 불렀다. 혹시 치요의 상태가 더 나빠진 건 아닐까, 창이는 덜컥 겁이 났다. 곧바로 인력거를 멈춰 세우고 뒤를 돌아보았다. 그 순간 요시다의 팔이 불쑥 튀어나왔다. 손에는 자기가 신던 가죽 운동화 한 켤레가 쥐어져 있었다.

"뭐 해? 얼른 받아."

요시다가 운동화를 흔들며 말했다.

"어서!"

머뭇거리던 창이는 요시다가 한 번 더 재촉한 뒤에야 운동화를 건네받았다. 온통 피투성이의 발을 요시다의 깨끗한 흰 운동화 속에 집어넣었다. 요시다의 운동화는 신기할 정도로 창이의 발에 꼭 맞았다. 창이는 인력거 손잡이를 움켜쥐고 다시 내달리기 시작했다.

'치요, 조금만 참아. 오빠가 병원까지 얼른 데려다줄게.'

창이는 차갑게 내리는 비를 맞으며 어두운 밤길을 전속력으로 달렸다. 신작로에 들어설 무렵부터는 체력이 한계에 다다른 듯 숨이 턱 끝까지 차고 다리가 후들거렸다. 하지만 자신의 등 뒤에서 끙끙 앓고 있을 치요를 생각하면 도저히 멈출 수 없었다.

그렇게 얼마쯤 더 달렸을까? 마침내 제일병원에 도착했다. 창이는 문 바로 앞에 인력거를 세웠다.

창이와 요시다는 병원 문이 부서지라 두드리며 소리쳤다.

"저기요! 문 좀 열어 주세요."

"급한 환자예요!"

곧 문이 열리면서 유카타 차림의 한 노인이 나오더니, 어서 들어오라고 손짓했다. 요시다가 치요를 안고 서둘러 들어갔다.

창이는 그제야 병원 외벽에 기대 가쁜 숨을 몰아쉬었다. 여기까지 오는 동안 조금도 쉬지 않고 달린 탓에 가슴이 타들어 갈 것처럼 괴로웠다.

한참 동안 숨을 고르자, 들썩이던 가슴이 차츰 진정되었다. 이제 창이가 할 수 있는 건 없었다. 그러나 치요가 걱정되는 마음에 쉽사리 발이 떨어지지 않았다. 그렇다고 차마 안으로 들어갈 수도 없었다. 요시다와 함께 서 있으면 사람들이 이상한 시선으로 볼 게 뻔했다.

비는 그칠 기미가 없었다. 창이는 내리는 비를 고스란히 맞으며 병원의 굳게 닫힌 문을 쳐다보았다. 치요가 정신을 잃은 채 저 안에 누워 있는데도, 밖에서 걱정만 하고 있으려니 속이 탔다.

그러다가 문득 이대로는 안 되겠다 싶었다. 창이는 문 앞까지 저벅저벅 걸어가 손잡이를 잡고 돌렸다. 치요가 괜찮은지 확인만 할 요량이었다.

그 순간, 이모 주변을 맴도는 경찰들이 번뜩 떠올랐다. 제풀에 놀라며 손잡이를 놓고 몇 걸음 뒤로 물러섰다. 그러면서 주위를 두리번거리며 경찰의 흔적을 찾았다. 이모와의 관계를 들키면 그게 빌미가 되어 모두 위험해질 수 있었다. 잘못하다가는 요시다의 가족과 청월루 사장님까지 불똥이 튈지도 몰랐다.

바로 그때였다. 때마침 요시다가 병원 문을 열고 밖으로 나왔다.

"치요는? 괜찮아?"

창이는 다급한 목소리로 물었다. 요시다가 고개를 끄덕이며 입을 열었다.

"응. 이제 괜찮아. 치요가 원래 천식이 있어. 한동안 괜찮았는데, 갑자기 상태가 나빠졌어. 조금만 늦었으면 큰일 날 뻔했대."

창이는 안도의 숨을 내쉬었다. 그러고는 아차, 싶은 표정으로 운동화를 벗어서 요시다에게 내밀었다.

"됐어. 일단 네가 신고 가. 나중에 돌려줘."

요시다가 정말 상관없다는 표정으로 말했다.

"그래도……."

"고무신도 신을 만한데?"

요시다가 어디서 구한 건지 고무신을 신은 발을 슬쩍 들어 올렸다. 창이는 피식 웃음을 터트렸다.

"봉창이. 오늘 고맙다. 내 동생 도와줘서. 사실 이 말 하려고 나왔어."

요시다가 뒤통수를 긁적였다.

'내 동생이기도 하니까.'

창이는 목구멍까지 차오르는 말을 조용히 삼켰다.

제대로 붙어 보자

창이는 새벽안개 속을 내달렸다. 얼굴에 닿는 바닷바람이 훈훈했다. 야구 따위 다시는 하지 않겠다고 결심했는데도, 이 시간만 되면 저절로 눈이 떠졌다. 그러고 나면 영락없이 발길이 바다로 향했다. 새벽 운동을 하던 습관이 몸에 밴 탓이었다.

해안가를 따라 한참을 달리던 중, 무언가를 보고 천천히 속도를 늦췄다. 누군가 바다를 향해 방망이를 휘두르는 것 같은데 안개에 가려 자세히 보이지는 않았다.

"이 시간에 야구 연습?"

창이는 호기심이 일었다. 가까이 다가가니 요시다였다. 요시다는 한쪽 다리가 여전히 불편해 보였는데도 연습에 열중하고 있었다.

'야구는 제 꿈이란 말이에요!'

문득 요시다가 제 아버지를 향해 외치던 모습이 겹쳐 떠올랐다. 요시다는 아마 모를 거다. 그 말이 창이의 마음을 얼마나 쥐었다 폈다 했는지를.

창이는 야구가 좋았다. 야구공을 던질수록 그 마음은 점점 더 커졌다. 그래서 오히려 마음이 무거웠다. 식민지 백성으로서 야구를 좋아한다는 건, 사치처럼 느껴졌다. 하지만 그렇기 때문에 창이는 야구여야만 했다. 야구는 조선인이든 일본인이든 상관없이 누구나 공평하게 타석에 설 수 있었고, 주어진 기회만큼 공을 던질 수 있는 경기였다. 경기장 안에서는 모두가 동등했다. 그런 순간이 창이에게는 소중했다.

창이가 요시다에게 천천히 다가갔다. 요시다의 발밑에 놓인 방망이 두 개가 눈에 들어왔다. 그중 하나를 주워 들었다. 요시다가 창이를 힐끗 보았다. 그러나 창이가 하는 대로 내버려두고, 묵묵히 방망이를 휘둘렀다.

"읏차."

창이는 몇 걸음 떨어진 곳에 자리를 잡고 서서, 방망이를 세게 돌렸다. 그러다가 방망이의 무게를 이기지 못하고 기우뚱거렸다. 창이는 괜스레 멋쩍어서 입맛을 다시고는 재차 휘둘렀다. 방망이에서 붕붕 소리가 났다.

"그렇게 크게 휘두르면 늦어. 그새 공이 지나가 버린다고."

요시다가 불쑥 말을 걸었다.

"어? 어."

창이는 얼떨결에 대답하고는, 왠지 어색해져서 자세가 더 엉거주춤해졌다.

"방망이를 몸쪽으로 더 붙여서 돌려야지. 각도는 조금 더 위로 들고."

요시다가 아예 옆에 딱 버티고 서서 설명했다. 창이는 요시다가 말한 대로 자세를 잡고 방망이를 돌렸지만, 마음처럼 되지 않았다.

요시다가 답답한 표정으로 한숨을 내쉬었다.

"하아, 엉망진창이군."

"뭐?"

창이는 눈을 부라리며 씩씩거렸다.

"이게 안 돼? 잘 봐."

요시다가 시범을 보이려 방망이를 움직였다. 그 순간 다친 쪽의 다리가 휘청거리면서 바닥에 철퍼덕 넘어졌다. 잘난 척하다가 자빠지는 꼴이 우스웠다.

"우하하하하!"

창이는 웃음이 터졌다. 요시다도 입가를 씰룩거리며 어이없다는 듯 따라 웃었다.

어느새 해가 제법 높게 떠올랐다. 그때까지 창이는 요시다가 알려 준 자세로 타격 연습을 계속했다. 얼굴에서 땀이 비 오듯 흘러내리고 다리가 비틀거렸다.

결국 손에서 방망이를 놓치고 말았다. 온몸의 체력이 바닥난 것 같았다. 창이는 요시다를 힐끔 쳐다보았다. 거친 숨을 몰아쉬는 걸 보니 요시다 역시 지친 듯 보였지만, 방망이를 휘두르는 자세는 여전히 흐트러짐이 없었다.

"독한 놈."

창이는 오기가 생겼다. 하지만 방망이를 줍기 위해 허리를 숙이자마자 무릎이 꺾이면서 바닥에 푹 쓰러지고 말았다. 몹시 지쳐서 일어날 힘도 없었다. 그 상태로 팔다리를 쭉 펴고 바닥에 누워 버렸다. 그러자 요시다도 창이 옆에 앉아 숨을 고르기 시작했다.

"요시다, 우리 제대로 붙어 보자."

창이가 요시다를 향해 불쑥 말을 건넸다. 요시다가 대답 대신 창이를 빤히 쳐다보았다. 무슨 말인지 이해가 되지 않는다는 표정이었다. 창이는 다시 입을 열었다.

"이제야말로 널 똑바로 상대해 줄 수 있을 거 같아서."

"그게 무슨 소리냐?"

"너랑 야구하고 싶다고. 말귀를 그렇게 못 알아듣냐?"

창이는 속마음을 털어놓고 나니 쑥스러워 핀잔을 덧붙였다.

"대항전에서 퇴출당한 주제에?"

요시다는 장난스럽게 받아쳤다. 분명 싫지 않은 표정이었다.

"대항전에 나가야만 야구를 할 수 있는 거냐?"

창이는 되묻고는, 바로 이어서 스스로 대답했다.

"나는 야구가 좋아. 야구를 할 수 있다면, 그게 꼭 대항전이 아니어도 돼."

"네가 나를 이길 수 있겠냐?"

"붙어 보면 알겠지."

요시다는 얼굴에서 웃음기를 거두고 진지하게 말했다.

"좋아. 붙어 보자."

그 순간, 창이의 가슴속에 불꽃이 튀었다.

흔들리는 에이스

"창이야, 일어나! 어서!"

누군가 깨우는 소리에, 창이는 눈을 번쩍 떴다. 난영이가 창이를 내려다보고 있었다.

"아직까지 자고 있으면 어떡해? 오늘이 시합인데!"

"뭐? 지금 몇 시야?"

창이는 벌떡 몸을 일으켰다. 어제 청월루에서 늦게까지 일을 했더니 아직 피곤이 가시지 않았다.

"진정해. 이거 먹고 나갈 시간은 있어."

난영이가 삶은 계란 세 알을 들이밀었다.

"웬 계란이야?"

"어제 손님상에 내고 남은 건데, 찬모 아주머니께 부탁해서 얻어 왔어. 너 중요한 경기 있어서 영양 보충 해야 한다고 떼 좀 썼지."

난영이가 의기양양하게 말했다.

"같이 먹자."

창이는 난영이에게 계란 한 알을 내밀었다.

"난 됐고, 너나 먹어. 요시다, 걔는 이런 거 맨날 먹겠지? 그러니까 그렇게 잘하나 봐. 우승까지 하고 말이야."

난영이가 샘을 내듯 말했다.

지난봄을 뜨겁게 달궜던 대항전의 우승 팀은 요시다가 속한 광일이었다. 광일과 용산은 결승 팀답게 실력이 팽팽했다. 끝까지 엎치락뒤치락하더니 9회 말의 마지막 공격에서 요시다가 끝내기 홈런을 날려서 승부에 마침표를 찍었다.

"이따가 응원 갈게."

난영이가 싱긋 웃었다.

"정말? 청월루에서 일하고 있을 시간 아니야?"

창이가 반가운 표정을 지었다. 난영이는 청월루에서 일하느라 못 올 줄 알았는데, 뜻밖의 선물을 받은 기분이었다.

"사장님께서 허락해 주셨어."

"사장님이 웬일이래?"

창이는 순간 무언가 떠올랐고, 고개를 끄덕였다. 엊그제 난영이가 빨랫감을 가지러 사장님 방에 들어갔다가, 탁자 위에 놓인 사진 한 장을 봤다고 했던 말이 기억난 것이다. 요시다의 아버지와 사장님이 젊었을 때 함께 찍은 사진이었는데, 퍽 다정한 모습이었다며 호들갑을 떨었다.

청월루에는 떠도는 소문이 하나 있었다. 사장님이 혼인하지 않고 혼자 사는 이유는 좋아하는 사람이 따로 있어서라는 얘기였다. 난영이는 아직도 그 사진을 간직하고 있는 걸 보면 사장님이 좋아하는 사람이 바로 요시다의 아버지가 아니겠느냐고 추측했다.

창이는 난영이의 말을 듣고서야 오랜 세월 사장님이 창이와 할머니를 청월루에 숨겨 준 이유를 알 거 같았고, 더불어 사장님의 쌀쌀맞았던 태도까지 이해됐다. 사장님은 좋아하는 이의 청으로 창이와 할머니를 맡긴 했지만, 두 사람의 존재가 달가울 리 없었던 거다. 그 청을 들어주는 바람에 요시다의 아버지가 이모와 혼인해서 일본으로 떠났으니 말이다. 그렇지만 알게 모르게 창이에게 베푼 호의를 떠올려 보면, 사장님이 창이를 진심으로 미워하는 것 같진 않았다. 오늘 난영이를 경기장에 보내

준 것만 보아도 알 수 있었다.

사장님이 창이에게 가진 심경만큼이나, 창이도 사장님에 대한 마음이 복잡했다. 그래도 사장님의 오래된 사연을 알고 나니 그동안 쌓였던 서운함이 조금씩 녹아내리는 듯했다.

아침 햇살이 눈부시게 내리쬐었다. 창이는 경기장으로 잰걸음을 놀렸다. 짙은 풀 냄새가 코끝을 스치는가 싶더니, 바람이 불어와 창이의 이마에 맺힌 땀을 식혀 주었다.

비탈길을 오르고 나서, 조금 더 걸으니 광일중학교 교문이 보였다. 오늘 경기는 학교 운동장에서 치르기로 했다. 요시다가 감독님께 부탁한 덕분이었다.

창이는 교문 안으로 들어서자마자 놀랐다. 생각보다 관중들이 많았다. 대부분 광일중학교 학생이었지만, 드문드문 조선인들도 보였다. 조선인 야구부가 요시다와 대결을 벌인다는 소문이 제법 퍼진 모양이었다.

"이제 오냐?"

선수 대기석에 들어서자 중구가 반겨 주었다. 창이는 먼저 와 있던 선수들과도 가볍게 인사를 나눈 뒤 벤치 위에 방망이와 글러브를 올려놓았다. 그리고 시선은 자연스레 상대편 선수 대기석 쪽으로 향했다. 요시다도 일찌감치 도착해서 방망이의 상태를 확인하고 있었다.

창이가 중구와 공을 주고받으며 몸을 푸는 동안 나머지 선수들도 하나둘 도착했다. 얼마 지나지 않아 모든 선수가 모였다. 대항전에서 퇴출당했을 때만 해도 이렇게 다시 모여 야구를 할 거라고는 생각하지 못했는데, 지금 이 순간이 새삼 낯설게 느껴졌다.

요시다에게 야구 시합을 제안한 이후, 창이는 선수들을 한 명씩 찾아가 자신의 주먹질로 시합을 망친 것에 대해 사과했다. 그리고 같은 편이 되어 달라고 부탁했다.

그다음 날, 창이는 이른 아침부터 솔밭 훈련장으로 나가 선수들을 기다렸다. 정식 대회도 아닌데 과연 누가 오긴 올까 싶었다. 하지만 우리 선수들은 한 명도 빠짐없이 나타나 주었다. 그날 솔밭 훈련장은 오랜만에 선수들의 열기로 가득 찼다.

"사토 녀석 안 보이니까 속이 다 시원하네."

달호가 옆에서 구시렁거렸다. 사토만 보이지 않는 게 아니었다. 광일 선수들의 수가 평소의 절반이었다. 조선인 선수들과 한 경기장에 서고 싶지 않은 선수들은 끝내 오지 않은 모양이었다. 그러나 요시다는 아무렇지 않은 표정이었다.

그렇다고 해서 이 자리에 나온 선수들의 태도가 모두 호의적인 건 아니었다. 이쪽을 대놓고 노려보거나 히죽거리는 선수들이 대부분이었다.

'쳇. 두고 봐. 실력으로 네 놈들 코를 납작하게 만들어 줄 테니까.'

창이는 속으로 이를 갈았다.

심판이 호루라기를 불었다. 경기 시작을 알리는 신호였다. 창이는 투수판으로 뚜벅뚜벅 걸어 나갔다.

"우우, 조선 놈은 꺼져라!"

"혼쭐을 내서 쫓아내!"

관중석에서 기다렸다는 듯이 야유가 쏟아졌다. 창이는 어깨를 움찔 떨었다. 조선에서 태어났다는 이유로 끝없이 되풀이되는 조롱과 멸시에 치가 떨렸다. 그러나 동시에 오기가 불탔다.

'그래, 두고 보자. 무조건 이겨 줄게.'

창이는 이를 악물고 공을 단단히 쥐었다. 모두에게 제대로 된 실력을 보여 주고 싶었다. 하지만 이상하게도 공을 던지려 할 때마다 손끝이 자꾸만 망설여졌다.

'만약 실수라도 하면 어떡하지? 작은 빈틈이라도 보이면 다들 비웃을 텐데.'

그 생각이 머릿속을 떠나지 않았다. 신경이 점점 더 곤두서면서 몸이 굳어지는 느낌이었다. 오기로 가득 찬 마음과 달리, 공을 쥔 손은 파르르 떨렸고 부담감이 마음을 짓눌렀다.

심판이 인상을 썼다. 더 이상 주저할 순 없었다. 창이는 눈을 질끈 감았다가 떴다. 양손을 가슴 앞으로 모으며 자세를 잡아 공을 던졌다. 직구로 스트라이크를 노렸다.

"아……."

생각보다 공이 낮게 들어갔다. 타자의 방망이는 꿈쩍도 하지 않았다. 타자는 가소롭다는 듯이 한쪽 입꼬리를 슬쩍 올렸다.

"그것밖에 못 던지냐?"

"그럴 줄 알았다. 조센진!"

예상대로 관중들은 조롱을 쏟아 냈다. 창이는 귀를 틀어막고 싶었다. 마음이 흔들린 탓일까. 두 번째로 던진 공은 장타로 이어지고 말았다. 방망이에 공 맞는 소리가 창이가 듣기에도 경쾌하게 울렸다. 타자가 신나게 2루까지 달려갔다. 관중들이 소리를 지르며 열광했다.

그 후로도 창이는 공을 던질 때마다 주춤거렸다. 당연히 공은 이쪽저쪽 제멋대로 날아갔다. 중구만 공을 잡아내느라 고생이었다.

"괜찮아. 그냥 던져! 하던 대로!"

보다 못한 중구가 포수 마스크를 벗고 창이를 향해 외쳤다. 창이도 그러고 싶은 마음이 굴뚝이었다. 그러나 공이 마음먹은 대로 날아가지 않으니 창이도 어쩔 도리가 없었다.

두 번째 타자가 친 파울은 3루수 길영이가 잡아서 아웃시켰지만, 세 번째 타자는 볼넷으로 내보냈다.

원 아웃에 주자 1, 2루. 이윽고 네 번째 타자인 요시다가 타석에 들어섰다. 요시다가 방망이를 움켜쥐고 창이의 공을 기다렸다. 창이는 요시다를 바라보며 무슨 공을 던질지 고민했다. 커브 볼을 던질까도 잠시 생각해 보았지만, 자신이 없었다. 가뜩이나 제구가 엉망인데 이런 상황에서 던졌다가 또 우스운 꼴만 보여 주게 될지도 몰랐다.

짧은 시간 동안 여러 생각만 하다가 결국 이도 저도 아닌 밋밋한 공을 던지고 말았다. 기회를 놓칠 요시다가 아니었다. 있는 힘껏 방망이를 휘둘렀다.

딱!

요시다의 방망이에 맞은 공이 저 멀리 날아갔다.

'설마!'

창이는 심장이 쿵쾅거렸다. 모두의 시선이 공중을 향했다. 요시다가 친 공이 3루 쪽으로 쭉 뻗어 갔다. 그러나 왼쪽으로 너무 꺾이고 말았다. 파울이었다.

"휴우."

창이는 다시 마음을 다잡고 두 번째 공을 던졌다.

딱!

이번에도 요시다는 날아오는 공을 정확하게 쳤다. 방망이에서 조금 전보다 더 묵직한 소리가 났다. 창이는 가슴이 철렁 내려앉았다. 1루 쪽으로 날아가던 공은 우익수인 호석이 형을 훌쩍 넘긴 뒤 담장 바로 앞에 떨어졌다. 호석이 형이 재빨리 달려가 공을 집어 들었지만, 요시다가 이미 2루에 도착한 뒤였다. 그사이에 2루 주자가 홈으로 들어왔다. 광일은 1회부터 가볍게 점수를 땄다. 창이는 몰려오는 허탈감에 고개를 툭 떨구고 말았다.

정면 승부

5회 초 아웃 2개. 광일의 주자는 1, 2루에 있는 상황이었다.

'왜 이러는 거야? 정신 차려. 봉창이!'

창이는 스스로를 나무라듯 속으로 중얼거렸다.

칠성은 경기 내내 광일에 끌려다니고 있었다. 4회를 마칠 때까지 광일이 5점을 내는 동안, 칠성은 단 1점도 내지 못했다. 창이는 잔뜩 신경이 곤두선 상태로 공을 던졌다.

딱!

창이가 던진 공은 또다시 안타를 맞고 말았다. 타자가 1루로 내달렸다. 1루와 2루의 주자들도 각각 2루와 3루로 진출했다. 만루가 되었다.

'안 돼!'

창이는 속으로 외쳤다. 입안이 바싹 마르고 등줄기에 식은땀이 흘러내렸다. 다음 타자로 히요시가 타석에 섰다. 히요시는 어깨 힘이 좋아서 공을 멀리까지 잘 날리는 장타자였다. 창이는 공을 던지기 전에 히요시와 눈이 마주쳤다. 히요시가 창이를 보며 입꼬리를 끌어 올리며 웃었다. 자신을 비웃기라도 하는 듯한 표정에 창이는 짜증이 솟구쳤다. 그 순간 이마 위로 들어 올린 손에서 야구공이 주르륵 흐르더니, 땅에 떨어져 굴러가고 말았다. 창이는 화들짝 놀랐다. 어처구니없는 실수였다. 투구 자세를 취한 후 공을 던지지 않으면 투수의 반칙이다. 그 때문에 타자를 1루로 내보내고 말았다. 밀어내기로 3루 주자가 홈으로 들어와 점수를 냈다. 창이는 두 손으로 머리를 감싸 쥐었다. 자꾸 실수가 이어지니 같은 팀 선수들을 볼 면목이 없었다.

"오늘 경기 왜 이렇게 재미없게 하냐?"

"저 애송이 새끼, 선수 맞아?"

"저런 형편없는 실력으로 까불었던 거냐?"

관중들의 야유가 점점 심해졌다. 날카로운 칼날로 가슴을 찌르는 듯한 말은 아무리 들어도 익숙해지지 않았다. 창이는 구겨진 얼굴을 들어 관중석을 둘러보았다. 순간 난영이와 눈이 마주쳤다. 난영이는 걱정스러운 얼굴로 창이를 보고 있었다.

'하아, 이렇게 한심한 꼴을 보여 주다니…….'

창이는 다리에 힘이 빠졌다. 바닥에 털썩 꿇어앉을 것 같았다. 그런데 그때였다. 난영이가 두 주먹을 불끈 쥔 채 자리에서 벌떡 일어났다.

'도난영, 뭐 하려는 거야?'

창이의 눈이 휘둥그레졌다.

그때, 난영이가 양손을 입에 대고 힘껏 소리쳤다.

"봉창이 힘내라! 절대 지지 마! 칠성고보 이겨라!"

주변 사람들의 시선이 일제히 난영이를 향했다. 그러나 난영이는 아랑곳하지 않고 계속 고함을 질렀다. 거기에 창이의 귀에 창이와 칠성 선수들을 응원하는 소리도 날아와 꽂혔다.

"괜찮아! 기죽지 마!"

"포기하지 마!"

그 순간 창이는 깨달았다. 사실은 야유에 묻혀서 잘 들리지 않았을 뿐이지, 경기가 시작된 순간부터 지금까지 줄곧 많은 사람이 칠성을 응원하고 있었다.

"힘내! 잘 버티고 있어! 잘할 수 있어!"

비로소 창이는 그 소리에 귀를 기울이기 시작했다. 지금까지 전혀 들리지 않았던 응원 소리가 창이에게 또렷이 들려왔다.

창이는 다시 두 다리에 힘을 주고 허리를 꼿꼿이 세웠다. 창이의 진짜 상대는 마주 서 있는 광일이 아니었다. 야유를 퍼붓는 관중도 아니었다. 상대를 꺾어 주고 말겠다는 생각에 휘둘리는 자신의 마음이었다.

"와아아!"

요시다가 관중들의 환호를 받으며 타석에 올라섰다. 점수는 6점이나 벌어져 있었다.

'상대를 꺾는 게 아니라, 나 자신을 이겨 내는 게 승부야. 이제부터가 진짜야.'

창이는 입술을 앙다물며 마음을 다잡았다. 어깨에 들어간 힘을 뺀 후, 두 다리를 적당한 간격으로 벌리고 섰다. 공을 던지기 위해 고개를 들어 앞을 바라보았다. 그런데 요시다의 표정이 무언가 낯설었다. 지나치게 긴장한 얼굴이었다.

'무슨 일이지?'

그러나 곧 고개를 저었다. 집중하자. 손끝에만 신경 쓰는 거야. 스스로 되뇌며 심호흡을 내뱉었다. 그런 다음 바깥쪽의 높은 곳을 노리고 직구를 던졌다. 살짝 느렸다. 아뿔싸. 요시다라면 충분히 안타를 칠 만했다.

하지만 무슨 일일까? 요시다는 얼음처럼 굳어서 공이 날아오는 걸 뻔히 구경만 했다. 공은 요시다를 지나쳐 중구의 글러브 안으로 빨려 들어갔고, 이어서 심판이 스트라이크를 외쳤다. 요시다의 눈빛이 지나치게 흔들렸다. 가만히 살펴보니, 아까부터 관중석 쪽을 힐끗거리며 다른 무언가에 신경 쓰는 눈치였다. 창이도 얼떨결에 그쪽으로 고개를 돌렸다. 요시다의 아버지가 팔짱을 낀 채 요시다를 지켜보고 있었다. 아! 요시다가 흔들리는 이유를 알 거 같았다. 요시다는 곧 일본으로 돌아간다고 했다. 사관 학교에 입학할 준비를 하기 위해서다. 결국 아버지의 뜻을 꺾지 못한 것이다. 어쩌면 지금이 아버지의 마음을 돌릴 마지막 기회일지 몰랐다. 그러기 위해서 아버지에게 최고의 모습을 보여 주고 싶고, 실력을 인정받고 싶을 거였다. 그 부담감이 요시다의 마음을 휘젓고 있는 듯했다. 요시다 역시 혼자만의 싸움을 하는 중이었다. 자신을 이겨야 하는.

창이는 요시다와 눈이 마주쳤다.

'나도 이길 테니까, 너도 이겨.'

요시다를 향해 속으로 읊조렸다.

2구째. 창이는 온 힘을 손끝에 모아 공을 던졌다. 이번엔 몸쪽 직구였다. 오늘 던진 공 중에서 가장 빨랐다. 공의 속도가 점점 올랐다. 하지만 요시다는 또 머뭇거리다가 방망이를 휘두르지 못했다. 투 스트라이크. 창이에게 유리한 상황이었다.

창이는 이제 어느 정도 자신감이 붙었다. 이번엔 더 빠른 공을 던질 수도 있을 거 같았다. 요시다가 흔들린다고 해서 봐줄 생각은 조금도 없었다. 이제는 요시다의 얼굴에도 슬슬 오기가 내비치는 듯했다. 직구를 두 번이나 어이없이 흘려보내고 난 뒤, 특유의 승부욕이 발동한 것이다. 그 때문인지 요시다는 다시 경기에 집중하기 시작했다. 이를 증명하듯 요시다의 눈동자는 흔들림 없이 창이가 공을 쥔 손을 향해 단단히 꽂혀 있었다. 이번엔 반드시 치고 말겠다는 의지가 강하게 느껴졌다.

그렇다면 지금이야말로 커브 볼을 던질 기회였다. 이제부터는 생각할 필요가 없었다. 수천 번의 연습으로 몸에 새긴 감각을 떠올리면 되는 거였다. 창이는 글러브 안으로 오른손을 감춘 뒤 공을 쥔 손 모양을 바꿨다. 머리를 비우고 온몸의 근육이 기억하는 대로 팔과 다리를 움직였다. 이윽고 손끝에서 공이 쭉 뻗어 나갔다.

요시다가 기다렸다는 듯이 방망이를 힘껏 휘둘렀다. 거의 동시에 공이 아래쪽으로 꺾였다. 하지만 낙차가 낮다고 느껴지던 찰나, 결국 창이가 던진 커브 볼은 요시다의 방망이를 스치듯이 맞고 붕 날아가고 말았다.

창이는 인상을 찌푸렸다. 하지만 다행스럽게도 빗맞은 공은 1루 근처에 툭 떨어졌고, 1루수인 두식이가 데굴데굴 굴러오는 공을 손쉽게 잡아 아웃 3개를 채웠다.

창이가 요시다를 삼진 아웃으로 보내고 나자 칠성의 분위기가 달라졌다. 선수들 사이에 한 번 해볼 만하다는 생각이 퍼지기 시작한 것이었다. 그때부터 칠성의 타선이 살아났다.

그 시작은 5회 말에 터진 강태 형과 주장의 연속 안타였다. 이후 중구가 싹쓸이 2루타를 날렸고, 주자 2명이 홈으로 들어오면서 첫 점수를 냈다. 게다가 창이가 연이어 강속구를 던지며 광일이 추가 점수를 내지 못하도록 꽁꽁 묶어 두는 사이에 병만이의 안타와 달호의 볼넷. 그리고 또다시 강태 형의 적시타로 1점이 추가됐다. 이제 점수는 6 대 3이었다.

경기는 어느새 8회에 접어들었다. 이쯤 되자 창이는 슬슬 체력이 떨어지기 시작했다. 그 바람에 집중력을 잃고 실투를 던져 1점을 내주고 말았지만, 곧바로 주장의 홈런이 터지면서 1점을 다시 만회할 수 있었다. 광일의 타자가 던진 유인구가 주장이 휘두른 방망이에 맞고 담장 너머로 훌쩍 넘어간 것이다. 이로써

5회 초까지 6 대 0이던 점수가 7 대 4가 되었다.

경기는 이제 한 회만 남겨 두고 있었다.

'여기서 점수 차가 더 벌어지면 안 돼. 반드시 막아야 해.'

창이는 마음을 다잡고 투수판에 발을 디뎠다. 하지만 공을 던질수록 자꾸 어깨에 힘이 빠졌다. 창이의 온몸은 이미 땀으로 뒤범벅이 되었다. 체력이 더 떨어지기 전에 경기를 끝내야 했다. 그러나 경기는 창이가 마음먹은 대로 진행되지 않았다.

선두 타자에게 던진 공의 개수만 해도 7개였다. 창이는 긴 접전 끝에 결국 우중간을 가르는 3루타를 맞고 말았다. 그 후에도 세 명의 타자를 상대하는 내내 쉽게 내려보낸 선수가 한 명도 없었다. 마지막 네 번째 타자를 볼넷으로 보냈을 때, 창이는 현기증이 와서 살짝 비틀거리기까지 했다.

'헉헉, 너무 힘들어.'

창이는 숨을 거칠게 몰아쉬며 어깨를 쓰다듬었다. 혼자 9회까지 끌고 가려니 어깨가 빠질 것처럼 아팠다.

요시다가 방망이를 휘두르며 타석에 들어섰다. 요시다는 경기가 이어질 때마다 조금씩 안정되더니, 지금의 눈빛은 예전처럼 다시 날카로워졌다. 평소의 자신감을 되찾은 모습이었다.

아웃이 두 개이긴 해도 주자가 1루와 3루를 채우고 있었고, 타석에서는 요시다가 눈빛을 번뜩이며 창이의 공을 노렸다. 게다가 창이는 다리가 후들거릴 정도로 지쳐 있었다. 머릿속이 새하얘졌다. 요시다를 상대로 어떤 공을 던져야 할지 아무 생각도 떠오르지 않았다. 창이는 마른침을 꿀꺽 삼켰다.

"우하하하. 뭐 하냐? 실력이 왜 이렇게 형편없냐?"

"요시다! 조센진 녀석 혼쭐을 내버려!"

관중석에서 쏟아지는 조롱 따윈 아무 상관 없었다.

그때였다.

"이 미련한 조선 놈아! 어차피 질 건데 그냥 들어와!"

문득 관중석에서 외치는 소리가 창이의 귀에 크게 꽂혔다.

'어차피 질 거라고?'

창이는 얼떨결에 관중석 쪽으로 고개를 돌렸다. 문득 누군가가 창이의 눈에 걸렸다. 그러자마자 온몸이 얼음처럼 굳고 말았다. 다름 아닌 이모였다. 이모가 관중석에서 조금 떨어진 곳에서서 창이를 지켜보고 있었다.

'이, 이모…….'

그때, 이모의 목에 걸린 노란 스카프가 눈에 띄었다. 창이가 청월루에서 받은 월급을 쪼개서 산 싸구려 스카프였다.

창이는 이모도 요시다와 함께 일본으로 돌아간다는 소식을 들었다. 이모와 마주 앉아 대화 한 번 제대로 나누지 못했는데 기약 없는 이별이 먼저 온 것이다. 이모에게 하고 싶은 말들은 가슴에 묻어 두더라도, 자기를 지켜 준 고마운 마음만큼은 꼭 전하고 싶었다. 그래서 이모에게 줄 선물을 마련했었다. 그러나 이젠 대놓고 이모를 따라다니는 경찰들 때문에 직접 전해 줄 방법이 없었다. 어쩔 수 없이 새벽에 몰래 찾아가 뒷문 근처에 슬쩍 놔두고 왔는데, 다행히도 이모가 발견한 모양이었다.

창이는 이모에게 보여 주고 싶었다. 이모가 지켜 준 삶을 얼마나 씩씩하게 잘 살아 내고 있는지. 그것만이 이모에게 할 수 있는 보답이라고 생각했다.

'어차피 질 거라고? 아니, 어차피 지는 승부는 없어. 내가 이기게 될지 지게 될지는 끝까지 해봐야 아는 거니까.'

창이는 눈에 힘을 주고 요시다를 바라보았다. 서로 눈빛이 스쳤다. 단 1점도 내주지 않겠다고. 어떤 공이든 쳐 보겠다고. 서로가 서로에게 그렇게 말하는 거 같았다.

'이번엔 정면 승부다.'

이렇게 생각한 순간 가슴이 뛰었다. 창이는 깊게 숨을 들이마셨다가 내쉬었다. 숨소리에서 가느다란 떨림이 느껴졌다. 창이는 무릎을 크게 들어 올리면서 온 힘을 짜내 팔을 앞으로 뻗었다. 창이의 손에서 공이 화살처럼 튀어 나갔다. 정중앙을 가로지르며 빠르게 날아간 공은 중구의 글러브 안에 쏙 들어갔다.

"스트라이크!"

심판이 크게 소리쳤다. 공이 워낙 빠르게 지나가자, 요시다의 방망이는 아예 옴짝대지도 못했다. 창이는 한고비를 넘긴 기분이었다. 다시 자세를 잡았다. 어느 순간부터 주위의 풍경이 안개 속에 감춰진 듯 보이지 않았다. 어깨의 통증도 느끼지 못했다. 오로지 창이 자신과 자신의 공을 기다리는 요시다만이 존재하는 것 같았다. 둘 사이에 어떤 벽도 있을 수 없었다. 조선인이든 일본인이든 경기장에선 모두 똑같은 야구 선수일 뿐이었다. 이런 순간을 위해 얼마나 달려왔던가.

창이는 모든 힘을 쏟듯 공을 던졌다. 똑같은 궤적과 속도였다. 공이 창이의 손에서 벗어나는 순간, 요시다가 다리를 들어 올리며 방망이를 세게 내리쳤다.

딱!

공이 큰 소리를 내며 하늘 높이 솟구쳤다. 관중들이 일제히 탄성을 터트렸다. 창이는 눈으로 날아가는 공을 쫓았다. 요시다가 친 공은 담장을 향해 멀리멀리 날았다. 호석이 형이 고개를 들고 공의 방향을 쫓으며 힘껏 내달렸다.

이상했다. 이 순간이 왜 이렇게 느리게 움직이는 것처럼 느껴질까? 공이 날아가는 한 점 한 점이 창이의 눈에 선명하게 박혔다. 창이는 그 모든 순간을 놓치고 싶지 않았다. 한시라도 시선을 떼지 않고 공이 날아가는 모습을 눈에 담았다.

창이는 자신이 미소를 짓고 있다는 사실을 깨달았다. 어쩌면 오늘 경기에서 창이가 던지는 마지막 공이 될지도 몰랐다. 세상에 태어나 처음으로 가져 본 온전한 기회였고, 끝내 제힘으로 던지고 만 공이었다. 가슴이 뜨거웠다. 설사 저 공이 담장을 넘길지라도, 그래서 승리에서 더욱 멀어지더라도 왠지 질 것 같지 않았다. 창이는 자신의 공을 던졌고, 아직 9회 말이 남아 있었다. 공이 점점 멀어지며 보이지 않았다. 하지만 공을 감싸안은 저 하늘은 더없이 맑고 푸르렀다.

작가의 말

일제 강점기 시절, 조선인들은 많은 차별과 억압을 견뎌야 했습니다. 같은 무대에 서더라도 조선인이라는 이유만으로 평등하게 인정받기조차 어려웠으니까요. 그런 현실 속에서 창이에게 야구는 조선인으로서 당당히 설 수 있는 몇 안 되는 무대였습니다. 경기장에서 공을 던지고 방망이를 휘두르는 순간만큼은 자신의 존재를 증명하는 시간이었던 거죠. 그래서 창이는 이기고 싶었고, 승리를 통해 자존심을 지키고 싶었습니다.

그런 창이 앞에 나타난 천재 야구 소년, 요시다는 창이에게 동경의 대상인 동시에 꼭 이겨 보고 싶은 상대였어요. 하지만 시간이 지나면서 창이는 깨달았습니다. 진짜 승부는 상대를 제압하여 이기는 것이 아니라, 포기하지 않고 끝까지 도전하면서 자신을 넘어서는 과정이라는 것을요. 그 후 다시 마운드에 오른 창이는 자신과의 싸움에서 물러서지 않으며 비로소 진정한 승부의 의미가 빛나기 시작하지요. 창이의 여정이 여러분의 마음에도 닿아, 자신과의 승부에서 멋지게 승리하기를 바랍니다.

긴 이야기를 읽어 주신 독자 여러분께 진심으로 감사드립니다. 부끄러운 원고를 세상에 내놓을 수 있도록 허락해 주신 미래인 출판사 분들과, 작은 바람에도 흔들렸던 저를 끝까지 붙잡아 주신 한정영 작가님, 그리고 귀한 시간을 내어 거친 원고를 읽고 조언과 격려를 아끼지 않은 소중한 글벗들에게도 고마운 마음을 전합니다.

고수진

칠성 에이스

1판 1쇄 펴낸날 2024년 12월 20일
1판 4쇄 펴낸날 2025년 9월 30일

지은이 고수진
펴낸이 김민지

편집 박다예, 최성휘
마케팅 백민열, 김하연

펴낸곳 미래M&B
등록 1993년 1월 8일(제10-772호)
주소 04030 서울시 마포구 동교로 134 미진빌딩 2층
전화 02-562-1800(대표)
팩스 02-562-1885(대표)
전자우편 mirae@miraemnb.com
홈페이지 www.miraeinbooks.com
블로그 blog.naver.com/miraeibooks
인스타그램 @mirae_inbooks

ISBN 978-89-8394-989-9 (43810)